신뢰의 끈을 놓치지 말라

성공하는 삶을 만드는 비결

신뢰의 끈을
놓치지 말라

헤롤드 서먼(Harold Sherman) 지음 | 김경희 옮김

Everything that has lost trust is lost

함께
BOOKS

제가 당신을 배신하지 않을 것이라는 것을 어떻게 알죠?

모르지. 나는 그저 자네를 믿을 뿐이지.

우리는 인간 심리의 근본적인 문제에 대해서 곰곰이 생각해 볼 필요가 있다. 우선 '나'라는 존재에 대해서 살펴보자.

'나'라는 사람은 살아가며 끊임없이 생각을 하고, 그 생각을 따라 판단하고 선택하며 살아간다. 이러한 나의 판단과 선택에는 습관이 되어 무의식적으로 행동하는 것들이 있다.

'나'는 나 자신도 모르는 사이에 사람들로부터 '나'와 '남'을 분별하게 할 수 있는 어떤 특성들을 지니고 살아간다. 이러한 특성을 '개성'이라고 하는데, 다른 사람들에게 신뢰의 끈이 이어지게 하는 개성도 있지만 신뢰의 끈을 끊어버리는 개성도 있다. 하지만 한 사람이 신뢰의 끈이 이어지게 하는 좋은 특성만을 지니고 살아간다든지, 아니면 신뢰의 끈을 끊어버리는 좋지 않은 특성만을 지니고 살아가는 사람은 없다. 누구나 좋은 특성과 좋지 않은 특성을 더불어 지니고 세상을 살아가는 중이다.

사랑과 미움, 선입견과 편견, 부러움과 시기심, 의심과 배타심, 두려움과 자만심 등 서로 상반되는 것 같지만 모두 내 안에 존재하며 오로지 나의 판단과 선택을 기다리는 것들이다. 이러한 특성들을 자신의 삶에 조화롭게 접목하여 당신이 내민 신뢰의 끈을 많은 사람들이 잡을 수 있게 되기를 바란다.

이 책은 국제 변호사로 활동 중인 헤롤드 셔먼(Harold Sherman)이 수강생들의 발표 위주 교육과정인 데일 카네기의《인간관계 개선 프로그램》강좌 교육과정 중 '신뢰를 얻는 비결' 강좌 수강생들의 생생한 사례를 참고로 하여 집필하였다. 《신뢰를 얻는 비결》강좌는 전 세계 30개 이상의 언어로 교육되는 글로벌 인간관계 트레이닝 과정으로 자리 잡았다.

그 누구라도, 어떤 조직이라도, 아무리 강력한 권력일지라도 신뢰를 잃으면 무너질 수밖에 없다.

신뢰는 유리 거울 같은 것이다. 한 번 금이 가면, 원래대로 다시 돌아올 수 없을 뿐만 아니라 자신을 해치는 흉기가 될 수 있음을 명심해야 한다.

산꼭대기에서부터 시작하는 시냇물은 끊임없이 아래로 흘러간다. 수없이 많은 골짜기와 계곡을 거치며 흘러가다 강을 만나게 되면 강에 모든 걸 다 바친다. 시냇물을 받아 안은 강 또한 흐르고 흘러 바다를 만나게 되면 바다에 모든 것을 다 바친다.

시냇물을 온전히 모두 받아내기 위해서 강은 시냇물보다 아래에 있었던 것이고, 바다는 강보다 아래에 존재했던 것이다.

사람은 다른 사람의 위에 서고 싶은 욕망을 갖고 있지만, 진정으로 다른 사람의 위에 서고자 한다면, 다른 사람의 아래에 존재할 수 있어야 진정 그것을 이룰 수 있을 것이다. 사람들에게 신뢰감을 주는 것은 겸손함에서 출발한다. 또한 이해와 우호 및 존중의 태도는 '신뢰를 얻어내는 비결'이다.

진정으로 상대의 마음과 입장을 이해하고 배려하면 누구라도 당신이 던진 신뢰의 끈을 잡아줄 것이다. 그것이 바로 신뢰의 끈을 놓지 않는 비결이다.

차례

1장
신뢰감을 갖게 되는 사람의 심리

2장
인간관계 개선 비결

3장
한 방울의 꿀이 더 많은 파리를 잡을 수 있다

4장

칭찬, 신뢰를 얻는 지름길

1장

신뢰감을
갖게 되는
사람의 심리

Trust comes First

1
자존영역을
침해하지 마라

세상에는 셀 수 없을 만큼 많은 사람들이 지구라는 한 울타리 안에서 살아가고 있지만, 완벽하게 똑같은 사람은 있을 수 없다. 사람들 모두 각자는 헤어스타일도 다르고, 말투가 다르고, 걷는 동작이나 손동작 심지어 즐겨 있는 책의 장르와 사상이 다르고, 좋아하는 영화의 장르와 배우도 다르다.

그러나 우리는 나와는 좋아하는 것이 다르다고 해도, 나와는 달리 다른 것에 관심을 갖는다고 하더라도, 그것에 대하여 크게 생각하거나 동요하지 않지만 자신이 좋아하고 선호하는 것을 다른 사람이 부정을 할 경우에는 그 사람에 대하여 불신하는 마음을 갖게 되고 공격적인 성향을 보이게 된다.

"나는 네가 좋아하는 그 배우 정말 싫더라."

"나는 너처럼 머리를 묶고 다니는 사람을 보면 이상하더라."

"나는 당신이 그렇게 화장을 짙게 하는 거 정말 싫소."

"나는 당신의 그 짙은 향수 냄새가 싫소."

사람은 자신이 좋아하는 것을, 다른 사람은 싫어할 수도 있다는 사실을 잘 이해하지 않는 경향이 있다. 그래서 자신이 좋아하는 어떤 취향이나 행위에 대하여 그것을 부정하는 말을 들었을 때, 그 말을 한 사람이 공연히 싫어지고 그를 외면하게 된다. 왜 그럴까?

그것은 나의 취향, 나의 관점, 나의 사상 등 '나의 것'에 대한 부정을 직접적으로 경험하기 때문이다. 그러므로 '나의'라는 영역은 침해당하면 본능적으로 반격태도를 취하게 되는 영역으로서, 사람의 내면에 항상 존재하고 있는 각자의 '자존심'의 영역을 말한다.

자존심이란 '자기 스스로를 애정으로 바라보는 마음'이다.

사람은 자신의 자존심 영역을 침해받는 순간, 상대방에 대해 적개심을 품게 된다. 설사 그를 신뢰하는 마음이 있었더라도 그 순간부터는 좋게 느껴왔던 그에 대한 마음이 변하게 된다는 것이다.

상대방에게 신뢰를 얻고자 하는 사람이라면, 다른 사람의 자존심 영역에 대해서는 결코 부정적인 말이나 행동을 상대에게 보여서는 안 된다. 만일 당신이 누군가의 자존심 영역을 부정해서 그의 마음을 건드렸다면, 그에게 신뢰를 기대하기란 거의 불가능한 일이 될 것이다.

데일은 인간관계 개선 프로그램 강좌 수강생들에게 '나의 자존심 영역'의 관점을 명확히 보여주는 한 교수의 저서 내용 중 한 문구를 강의실 한 쪽 벽에 액자를 만들어서 걸어 놓고 수강생들에게 늘 암기하라고 충고했다.

그 글은 하버드 대학교의 제임스 하비 로빈슨 교수의 저서《정신의 발달 과정》에 나오는 글이었다.

『사람은 자신이 어떤 사고를 지니고 있을지라도, 어느 순간 별다른 감정도 없이 자신의 생각을 바꾸는 경우가 있다. 이처럼 사람은 그 무엇이나 혹은 그 누군가에 대하여 어떤 믿음을 형성하는데 있어서 별다른 의심 없이 쉽게 믿어버리는 경솔한 면을 보이기도 하지만, 만일 누군가가 자신이 생각하고 있는 그 어떤 믿음이나 신념을 위협하거나 부정하거나 빼앗아가려고 할 때에는 자신의 그것에 대하여 쓸데없을 정도로 강한 집착을 보인다.』

로빈슨 교수의 말을 이렇게 이해할 수 있을 것이다.
사람은 누군가 자신의 생각이나 습관 등을 부정하는 순간, 바로 비판적으로 돌변하며 고집스러워지는데, 이러한 현상을 보이는 까닭은 사람에게 소중한 것은 믿음 자체가 아니라 다른 사람들로부터 위협받고 도전받는 각자의 자존심의 영역이기 때문이라는 것이다.

사람에게 가장 중요한 것은 무엇일까?

그것은 '나의'라는 자존 영역일 것이다. 사람들은 세상을 살면서 스스로 의식하지 않는 사이에 '나의'라는 말을 정말 많이 사용하고 있다.

'나의 신', '나의 집', '나의 부모님', '나의 조국', '나의 친구' 등등.

'나의'라는 자아개념을 긍정적으로 갖게 되면, 언제나 자신 스스로를 가치 있는 사람으로 여기고 바라보며 행동하기 때문에 모든 일에 자신감을 느껴서 다른 사람들의 반응에 크게 얽매이지 않고 자유롭게 자신을 표현할 수 있게 된다.

그러나 '나의'라는 자아개념을 부정적으로 갖게 되면 '나의' 무엇에 대해 누군가 비판하거나 헐뜯기라도 하면 자신의 자존영역을 부정하는 사람에게 반박할 준비를 갖추게 된다.

그러므로 누군가의 마음을 얻고자 한다면 상대의 '나의'에 대하여 긍정적으로 호응해 주는 것이 다른 사람에게 신뢰를 받는 최선의 비법이라고 할 수 있을 것이다.

데일은 대화의 자리에서 '자존 영역'에 대한 논쟁은 가급적 참가하지 말라고 했다. 왜 그랬을까?

사람은 자신이 진실이라고 생각하여 믿고 있는 것이나 신념이라고 생각해 온 것을 누군가 부정하는 것에 대하여 쉽게 흥분하고 분노하면서 무슨 수를 써서라도 자신이 믿고 있는 그 신념을 고수하려고 한다. 때문에 논쟁이란 대개 자신이 믿고 있는 것들을 옹호하기 위한 논거를 찾아 상대에게 들이미는 일이라고 할 수 있다.

데일은 인간관계 개선 프로그램 강좌의 수강생들에게 신뢰를 얻기 위해서는 이러한 사람의 심리구조를 이해해야 하며, 그럼으로써 사람의 마음을 사로잡는 비법을 탐구하여야 한다고 말한다. 또한 스스로 탐구한 인간관계의 비결을 적극 활용하자는 것이 인간관계 개선 프로그램 강좌의 목적이라고 강조한다.

2

논리적으로 생각해 보라

누구라도 자신의 생각이 모두 옳을 수 없다는 사실을 깨달아야 한다. 왜냐하면 인간은 완전하지 않은 존재이기 때문이다. 이러한 인간 능력의 한계를 깨달은 미국 26대 대통령 시어도어 루스벨트는 자신의 생각 100가지 중 50가지만이라도 옳은 방향으로 생각을 할 수 있다면 더 이상 바랄 것이 없을 것이라고 말했다.

그는 한 국가의 최고 권력의 정점에 있었지만, 자신의 생각과 판단이 모두 옳다고 생각하지 않은 겸양과 소양을 갖춘 대통령이었다.

루스벨트는 매일 업무 시작 전에 조용히 두 손을 모으고 옳은 생각과 판단으로 국가 번영에 도움이 되는 정책을 펼 수 있도록 기도를 올렸다고 한다. 그의 이러한 행동은 국가 운영을 책임지고 있는 대통령이 자신의 생각이 최선이라고 판단하여 독단적인 정책을 펼치게 되면, 혼란을 초래할 수 있다는 사실을 스스로 경계했던 것이다. 때문에 루스벨트 대통령은 아무리 소소한 정책일지라도 가능한 의회의 정당 대표들과 협의를 거친 합의된 정책으로 대통령 직을 수행했다.

그러나 시어도어 루스벨트 대통령과 같이 역사적으로 존경을 받는 지도자가 있는 반면, 독단적이고 거짓말을 일삼는 정치인이 민주주의 방식으로 선거를 치른 후 최고 지도자로 선출되는 불행한 일이 세계 여러 나라에서 발생하고 있다.

하지만 그런 지도자의 실체는 얼마 못가서 반드시 그 모습이 드러난다. 그런 지도자들은 대개 자신의 개인적인 욕망에 힘을 쏟기 때문에 국내 정치와 외교 사정에 어둡고, 각계의 지식인과 전문가의 충고를 무시하고, 야당의 대표와는 추구하는 정책이 다르다는 이유로 민주주의의 기본 이념인 정치적 협치를 외면하는 정책을 편다.

말로 상대를 설득하지 못하는 사람은 자신의 의견을 주입시키려는 방법으로 화를 내거나 심지어 폭력을 휘두르기도 한다. 이와 같이 국민에게 자신의 정책을 논리적으로 이해시키지 못하는 무능한 지도자는 독재를 할 확률이 높을 수밖에 없다. 그래서 유능한 지도자는 어떤 문제나 상황에서도 논리적으로 확고하게 무장되어 있기에 비판하는 언론에 적절히 대응할 수 있지만, 무능한 지도자는 논리적으로 국민을 이해시킬 수 없기에 정책을 비호하는 언론에는 우호적이고, 비판을 가하는 언론에는 재갈을 물리는 언론자유를 말살하는 정책을 펼 확률이 크다. 왜냐하면 그래야 자신의 무능과 거짓말이 통할 수 있다고 생각하기 때문이다.

독선적이고 무능한 지도자는 자유를 유난히 강조한다. 하지만 그것은 평등에 기초한 자유가 아니다. 무능한 지도자가 강조하는 자유란, 자신에게 우호적인 집단의 이익을 보장하는 자유, 자신의 정책을 마음대로 펼칠 수 있는 자유이다.

프랑스의 철학자이자 계몽 사상가인 볼테르는 자신의 일생을 종교의 광신과 배타성 타파를 위해 헌신했다. 그는 자유에 대하여 이렇게 말했다.

"나에게 자유란, 나와 생각이 다른 정치적 반대자의 자유를 의미한다."

국민들은 무능한 지도자의 독선적이고 아둔한 지도력을 경험한 후에야 때늦은 각성을 하지만 이미 엎질러진 물이다.

무능하고 독선적인 지도자의 통치를 받는 국민들은 애써 정치를 외면하게 된다. 국민이 정치를 불신하게 되면 방황하게 된다. 신뢰를 잃은 지도자가 국민들을 방황하게 만든 것이다. 그러나 국민은 안다. 무능한 지도자가 제 발이 저려 그런다는 것을.

열 사람이 모여 어떤 일을 의논한다고 하자. 그러면 각자가 생각하는 바가 다를 수 있다. 그러나 열 사람 각자는 100퍼센트 자신의 생각이 옳다고 생각하여 주장하는 것이다. 그래서 루스벨트 대통령은 자신의 생각 중 50퍼센트만이라도 옳은 생각을 할 수 있도록 기도를 했던 것이다.

링컨 또한 자신의 생각 중 51퍼센트를 옳은 방향으로 생각할 수 있는 사람이라면, 그는 사회적으로 큰 성공을 거둘 수 있는 확률이 높은 사람이라고 말했다. 다시 말해서 현실에서 자기 생각이 모두 옳다고 장담하여 옳은 선택을 할 수 있는 사람은 많지 않다는 것이다.

인간의 행동이 항상 이성적인 판단에 의해서 행해지는 것이라고 생각하는가?

대개 인간의 행동은 감정에 의해 움직인다. 그러므로 상대방의 자존심이나 기분을 상하게 했다는 것은, 이미 그 사람과 좋은 관계를 유지하기는 힘들다는 의미를 갖는다.

인간은 본능적으로 자신의 일에 대해서만 관심이 모아져 있기에 누군가의 지적과 충고가 옳든 그르든 상대방의 의견을 잘 들으려고 하지 않는다. 다시 말해 좋은 뜻으로 누군가의 잘못을 지적하며 충고를 하더라도, 그것에 감사함을 느끼고 동의를 얻어내기는 쉽지 않다는 것이다. 그러므로 상대에 대한 비난과 충고는 신중함이 절대적으로 필요한 일이며, 가능하면 다른 사람의 잘못을 지적하는 일은 삼가는 것이 좋다.

어리석은 사람은 상대의 실수나 잘못을 헐뜯으려고 하는 반면, 현명한 사람은 상대의 실수나 잘못에는 그럴 만한 이유가 있다고 생각한다.

현명한 사람은 '만약 내가 상대방의 입장이라면 어떻게 느끼고 반응했을 것인가'라며 스스로 자문자답을 함으로써 상대의 입장을 이해하려고 한다. 이런 마음을 갖춘 상태에서 상대방의 실수나 잘못을 지적하면, 상대방 또한 그의 지적에 대하여 수긍하며 진솔한 마음으로 충고한 사람에게 신뢰감을 갖게 되는 것이다.

상대방의 입장에서 생각하는 자문자답하는 훈련을 거듭하다보면 상대를 감정적으로 대하는 것이 어리석은 짓인가를 스스로 깨닫게 될 것이다.

데일은 스스로 자문자답을 통해 자신의 인간관계 능력을 한 단계 업그레이드 시킨 케네스 씨의 사례를 소개했다.

케네스 씨의 집 가까운 곳에는 숲이 아름다운 공원이 위치하고 있었는데, 공원은 지역의 사람들에게 맑은 공기와 편안함을 제공했으며, 케네스 씨는 공원을 더욱 아름답고 청량하게 만드는 울창한 숲의 푸른 나무들을 각별하게 아끼고 사랑했다. 그는 시간이 날 때면 자주 공원을 거닐면서 산책을 했다.

하지만 안타깝게도 공원을 이용하는 사람들의 부주의로 인한 화재가 발생하여 아까운 나무들이 소실되는 일이 종종 벌어지고는 했다.

화재의 원인은 주로 공원에 놀러온 청소년들이 숲속에서 소시지나 고기를 요리해 먹은 후, 뒤처리를 소홀히 해서 발생했다. 대부분 작은 화재였지만 때로는 큰불로 번져 소방차까지 동원되는 일이 발생하기도 했다.

공원 내에서는 취사나 모닥불을 피우는 것을 금하며 위반자는 법적 처벌한다는 게시판이 공원 입구에 세워져 있었지만 지키는 사람은 거의 없었다. 게다가 공원의 안전을 책임지고 있는 관리인마저 있는지 없는지조차 모를 정도로 공원 관리에 소홀해서 화재는 끊이지 않고 발생했다.

어느 날인가 케네스 씨가 나무가 불에 타고 있는 화재현장을 발견하고 관리소로 달려가 소방서에 연락해 달라고 요청했지만, 무슨 일인가에 정신이 없던 관리인은 손을 내저으며 자신의 담당구역이 아니라며 외면한 일도 있었다.

그 이후 케네스 씨는 공원에 산책을 나올 때마다 자신이 마치 공원의 관리 책임자인양, 순찰을 돌았다. 순찰 도중 모닥불을 피우고 있는 청소년들을 발견하면 그는 청소년들을 향해 불을 끄라고 하며 큰 소리로 호통을 쳤다. 그래도 말을 듣지 않을 경우엔 경찰에 신고하겠다며 위협을 하기도 했다. 그러면 청소년들은 마지못해 불을 껐지만 케네스 씨가 자리를 떠나면 청소년들은 다시 모닥불을 피웠고, 심지어 어떤 청소년은 들으라는 듯 큰불이 나서 공원의 나무들이 다 타버렸으면 좋겠다고 큰 소리로 외치기도 했다.

케네스 씨는 자신의 꾸지람이 청소년들을 설득하기는커녕 오히려 반발심만 심어주게 된다는 것을 알게 되었다. 이러한 사실을 깨닫게 된 그는 인간관계의 원리에 대해서 곰곰이 생각해 보았다.

'만일 내가 청소년들의 입장이라면, 나의 꾸지람과 협박을 어떻게 느낄 것이며, 나에게 어떤 감정을 가지게 될까?'

케네스 씨는 이와 같은 자문자답을 통해 청소년들의 입장을 이해하려고 노력했다. 이후로 그는 모닥불을 피우는 청소년들을 만나면 일방적으로 청소년들의 행위에 대하여 강압적으로 지시하거나 강요하지 않았다. 대신 청소년들의 행동을 이해하려고 애썼으며, 그들에게 과거 자신의 청소년 시절의 이야기도 들려주었다. 그리고 온화한 말투로 나무가 많은 공원에서 모닥불을 피우는 행위의 위험성과 주의사항, 화재를 예방하는 방법 등을 깨우쳐 주기 위해 애를 썼다. 예를 들어 "얘들아, 공원의 나무 주위에서보다는 모래위에서 모닥불을 피우는 것이 더 안전하지 않겠니?" 등등.

이러한 케네스 씨의 노력으로 어떤 결과가 나타났을까?

이후 청소년들은 케네스 씨를 만나게 되면 반갑게 웃으며 인사를 했으며, 모닥불을 피우고 난 후에는 화재를 예방하기 위해 모래나 흙 등으로 뒤처리를 철저히 했다. 그럼으로써 화재는 급격하게 줄어들었다.

케네스 씨는 스스로 자문자답을 통해 상대의 입장을 이해함으로써, 어떤 반발도 없이 소기의 목적을 달성하고 청소년들의 자존심도 지켜준 것이다.

만일 다른 사람이 좀처럼 당신을 믿지 못하는 상황이라면, 조용히 자신을 돌아보며 자문자답을 해보라.

'그가 나에게 반감을 갖게 된 원인은 무엇인가?'

'내가 그의 입장이라면 어떻게 생각하고 행동을 했을까?'

자문자답을 통해 상대에게 신뢰를 얻을 수 있는 좋은 묘안이 떠오를 수 있을 것이다.

3
신뢰감을 주는 비결

우리는 스스로 생각해 보아야 한다.

'나는 평소 어떤 사람을 만나 주로 어떤 주제에 관한 대화를 나누며 생활을 하고 있는지, 또한 대화를 나누는 상대의 심리상태는 제대로 이해하고 있는지, 그리고 상대의 특성을 파악할 수 있는 능력이 과연 나에게 있는지 등에 대해서 생각해 보아야 한다.

만일 당신이 사업상 거래하고 있는 사람을 만나게 되거나 혹은 당신이 근무하는 곳으로 거래처 사람이 방문을 하여 어떤 제안이나 요청을 하는 일이 생길 수 있다.

이런 경우, 거래처 사람이 원하는 것이 무엇인지 상대방의 의중을 파악한 당신이 그 문제에 대해서 이야기를 하거나 제안을 할 때,

상대방은 어떻게 반응할 것인가에 대하여 진중하게 생각하고 상대를 대하는 올바른 자세를 숙지하고 실행한다면 과연 어떤 일이 생길 수 있을까?

아마도 당신은 10시간은 소비해야 처리할 수 있는 일을 단 1시간 만에 처리할 수도 있을 것이다. 왜냐하면 사업이나 비즈니스는 물론 세상의 거의 모든 일이 인간관계를 통해 이루어지는 것이므로 상대방에게 좋은 인상의 신뢰감을 주었다는 것은 일을 한층 수월하게 성사시키고 긍정적인 결과를 가져다 줄 것이기 때문이다.

상대방으로부터 신뢰감을 얻는 비결은 어디에서 나오는 것일까?

상대방의 입장에서 생각하고 이해하는 마음을 지니는 것에 신뢰감을 얻을 수 있는 비결이 있다. 당신이 상대의 마음을 읽고 그의 일거수일투족까지도 세심하게 배려하는 매너로 그의 신뢰를 얻었다면, 현재의 일뿐만 아니라 앞으로는 더욱 희망적인 일에 대하여 그와 의논할 일이 많이 생길 것이다.

하버드 대학교의 교수이며 경제 및 심리학의 권위자인 제럴드 박사는 수많은 사람들을 만나 대화를 나누고 상담한 결과를 기록한 《신뢰를 얻어내는 비결》이란 책을 집필했다.

책의 내용은 신입사원 면접 과정 중 입사 지원자와의 인터뷰,

지원자의 말하는 태도나 습관, 사업상 업자 간의 협상 과정, 심지어 아이와 부모 사이의 대화는 물론 친구나 연인, 동료 등과의 관계에서 이뤄지는 모든 인간관계 연구 과정에서 제럴드 박사가 깨달은 '상대에게 신뢰를 얻어내는 비결'로써 다음과 같은 몇 가지 지침을 제시하고 있다.

- 자신이 만나는 상대방이 자신에 대해 어떤 인상을 갖고 있는지를 생각해 보아야 한다. 즉 정직성, 진취성, 업무나 사회생활 등에서 자신과의 협력 가능성에 대해 어떤 정보를 갖고 있는지에 대해서 파악해야 한다.

- 나를 객관적으로 파악해야 한다. 상대방의 평소 생각이나 이미지에 비추어 볼 때, 나는 어떤 대답을 준비해야 할지 그럼으로써 상대방이 나에 대해서 어떤 생각과 이미지를 갖도록 만들 것인지에 대해 생각해 보아야 한다. 자신을 객관적으로 파악함으로써 문제에 대한 해결력도 강화된다.

제럴드 박사는 위의 두 가지 조건이 준비되어 있지 않다면, 좀 더 여유를 가지고 당장의 급조적인 만남을 뒤로 미루는 것이 결과적으로 도움이 될 것이라고 강조한다.

제럴드 박사가 우리에게 조언을 하는 이유를 요약하면, 상대에게 신뢰감을 주기 위해서는 반드시 상대의 입장을 고려한 스스로의 명확한 이미지 전달 능력이 준비되어 있어야 한다는 것이다.

남녀 간의 사랑이 시작될 무렵에도 마찬가지이다. 사랑에 빠진 초창기의 남녀는 모든 것이 새롭고 경이롭고 아름답게 보인다. 이것이 사랑에 빠진 연인들의 공통적인 심리상태인 것이다.

이들은 하루라도 안 보면 참지 못할 것 같은 마음에 수시로 서로의 안부를 묻는다. '밥은 맛있게 먹었느냐?', '당신이 보고 싶어서 한숨도 못 잤다.'는 등의 시시콜콜한 일로 전화기를 붙잡고 있고, 바쁜 일이 있더라도 갑자기 계획한 연인과의 약속을 지키기 위해 급한 일은 나 몰라라 뒤로 미뤄놓고 약속장소로 달려간다.

하지만 이토록 시간과 마음을 스스로 조절할 수 없을 정도로 불타오르던 연애초기 특수한 현상, 즉 사랑에 대한 환상에서 바람이 빠지기 시작하는 순간부터 그동안 쌓아올린 서로에 대한 이미지는 순식간에 바뀔 수 있다고 제럴드 박사는 조언한다. 이러한 현상은, 상대방에 대해서 품고 있던 좋은 이미지와 관점은 어느 순간 갑자기 찾아온 상대에 대한 단 한 번의 실망, 즉 지금까지 자신이 생각했던 감정과 다르다는 느낌에서 나오는 것이다.

제럴드 박사는 우리가 누군가와 만남을 가졌을 때에 반드시 명심할 것이 있다고 강조한다. 즉 상대방이 나를 신뢰할 수 있는 방법을 강구하여 상대가 스스로 나와 협력하는 관계를 만드는 마음을 유발시키라는 것이다. 이러한 협력 관계를 만드는 비결은 대화를 할 때 상대의 생각이나 감정을 자신의 생각이나 감정처럼 느껴주고 있는가, 아닌가에 의해 결정된다고 한다. 때문에 대화의 주제는 상대방이 원하는 방향으로 제시되는 느낌을 주어야 한다는 것이다.

물론 상대가 그 주제에 대해 자신이 원하는 방향으로 당신이 따라주기를 원하는 모습을 보인다면, 실제로 그렇게 해주는 것이 바람직하다고 강조한다. 그러면 상대 역시 당신이 제시하는 의견에 대해서도 너그럽게 수용할 마음이 생겨난다는 것이다.

데일은 이러한 상황의 사례 중 미주리 주의 세인트루이스에서 피아노를 가르치고 있는 조지 노리스의 이야기를 인간관계 개선 프로그램 강좌 수강생들에게 들려주었다.

이 이야기는 피아노를 가르치는 선생님들이 10대 소녀에게 피아노를 가르칠 때 흔히 마주하게 되는 문제점들을 어떻게 그가 지혜롭게 해결해 나갔는지를 잘 보여주는 사례이다.

사춘기 전후의 10대 소녀들은 대체로 자신에게 무엇인가를 가르쳐줄 선생님을 대할 때, 선생님의 실력이 얼마나 출중한지를 자신이 심판관이 되어 먼저 확인한 후에 판단을 하는 경향을 보인다.

'이 피아노 선생님은 나에게 얼마나 훌륭한 가르침을 주실 수 있을까?'

만일 선생님의 실력이 자신이 판단하기에 다른 선생님보다 형편없어 보인다든지 또는 선생님의 외모나 행동이 자신의 마음에 들지 않는다면, 선생님을 골탕 먹일 궁리를 하거나 선생님의 지시를 따르지 않고 엇나가는 경향을 보인다는 것이다.

지적성장기의 청소년들이 이러한 행동을 보이는 이유를 교육학자 포트 필레이는 부모가 자신에게 좀 더 관심과 애정을 가져주기를 바라는 마음으로 부모의 말에 반항하려고 하는 심리를 보이는데, 이와 같은 현상이 선생님에게 나타나는 양상으로 선생님을 끊임없이 시험대에 올려놓고 그 실력을 확인하고 싶은 욕구이며, 한편으론 배움의 열정을 향한 과도적 준비과정이라고 해석한다.

어느 날 피아노 선생님인 조지 노리스는 자신을 방문한 10대 소녀와 어머니를 면담하게 되었다. 소녀는 피아니스트가 되기를 소망했고, 소녀의 어머니는 자동차로 1시간이나 걸리는 먼 거리를 피아노 선생님과의 면담을 위해 딸을 차에 태우고 직접 운전을 하여 달려왔다.

조지는 첫 면담에서 피아노 교습을 위해 필요한 여러 가지 상황에 대해 질문을 했다. 면담 과정에서 조지는 소녀와 어머니의 각오는 물론 먼저 소녀에게 피아노를 가르쳤던 선생님의 추천서까지 확인해 볼 수 있었다.

조지는 소녀의 피아노 실력을 가늠해 보기 위해 테스트를 실시했다. 그런데 소녀의 피아노 건반을 두드리는 소리에서 무엇엔가 미끄러지는 것 같은 미세한 소리를 조지는 감지했고, 그 원인이 바로 소녀의 긴 손톱 때문이라는 것을 발견했다.

"애야, 손톱을 아주 예쁘게 길렀구나. 하지만 피아노 건반을 두드릴 때 불편한 점은 없었니?"

조지는 소녀가 좀 더 훌륭한 피아노 연주를 하기 위해서는 반드시 손톱을 잘라야 한다고 생각했지만 손톱을 자르라는 말은 않았다. 대신 긴 손톱 때문에 불편한 점은 없었느냐고 물었다.

"손톱이요? 제 손톱이 피아노 연주와 무슨 상관이죠?"

소녀는 자신의 손톱을 바라보며 당돌하게 대꾸를 하며 옆에 있는 엄마를 쳐다보았다. 그러자 딸의 눈빛에서 경계심을 느낀 어머니는 선생님을 바라보며 공손하게 물었다.

"선생님, 아이의 손톱이 피아노 연주와 무슨 상관이 있나요?"

어머니의 물음에 조지는 책꽂이에서 쇼팽의 악보를 가져다가 소녀가 앉아 있는 피아노 앞에 펼쳐 놓았다.

"애야, 쇼팽의 녹턴 곡을 한번 연주해 보렴."

소녀는 씨익 웃으며 말했다.

"선생님, 이 곡은 제가 자주 연주하는 곡이에요."

소녀는 쇼팽의 녹턴 곡을 연주하기 시작했다. 그런데 연주가 진행되는 도중 어느 부분에서 조지 선생님이 "잠깐"하며 소녀의 피아노 연주를 멈추도록 했다.

"자, 이 부분을 다시 한 번 연주해 보렴."

"어디요?"

"방금 그 트릴이 가미되는 소절을 다시 연주해 보아라."

피아노 선생님이 지적하는 그 부분을 연주할 때 소녀의 손톱이 너무 길은 탓에 건반에 부딪치는 손톱소리가 선생님의 귀에 거슬렸던 것이다.

"피아노 건반에 손톱 부딪치는 소리가 트릴이 가미되는 소절에 섞여 악보에 없는 소리를 내는구나."

그때서야 소녀의 어머니는 선생님이 지적하는 것을 이해한다는 눈빛으로 피아노 선생님을 쳐다보았다.

"하지만 괜찮단다. 지금 그것은 중요한 문제가 아니란다. 그렇지만 훌륭한 연주자들은 자신의 연주를 듣는 청중들에게 보다 맑고 깨끗한 음을 선사해주려는 노력을 한시라도 잊지 않고 노력한단다. 너 또한 그들과 같은 훌륭한 연주자가 될 수 있단다. 그렇게 생각하지 않니?"

소녀는 고개를 숙인 채 무언가를 생각하는 듯 했고, 옆에 있던 어머니는 고개를 끄덕이며 수긍을 했다. 이때 조지 선생님은 소녀의 긴 손가락과 손톱을 바라보며 말했다.

"정말 예쁘게 손톱을 손질했구나. 하지만 이 아름다운 손톱이 너의 훨씬 아름다운 피아노 연주를 방해한다면, 네가 보다 훌륭한 피아노 연주자가 되는데 조금은 아쉽지 않겠니?"

조지는 소녀에게 손톱에 관해서는 어떤 강요도 하지 않고 소녀를 바라보며 말했다.

"오늘 피아노 테스트를 해 본 결과, 넌 정말 연주를 잘하는 아이라는 생각이 드는구나. 그럼, 오늘 집으로 돌아가서 선생님에게 피아노를 배울 마음이 있는지 곰곰이 한번 생각해 보렴."

소녀는 어머니와 함께 집으로 돌아왔다. 그리고 일주일 후에 조지 선생님에게 피아노 레슨을 받기 위해 다시 찾아왔다. 소녀가 왔을 때, 조지는 가장 먼저 소녀의 손톱으로 눈길이 갔다. 손톱은 말끔히 손질이 되어 있었다. 소녀는 손톱을 단정하게 자르고 매니큐어도 깨끗하게 지운 채 피아노 레슨을 받기 위해 온 것이다. 조지는 소녀의 손을 잡아 주면서 부드럽게 말했다.

"넌 역시 훌륭한 연주자가 될 자질이 있는 아이로구나. 자, 오늘 레슨을 시작해 볼까?"

첫 수업부터 피아노 선생님과 소녀는 매우 만족스러운 피아노 레슨 시간을 보낼 수 있었다. 소녀는 선생님의 말씀에 스스로 생각하고 판단하여 손톱을 자르고 온 것이었다. 소녀가 레슨을 마치고 집으로 돌아간 후, 조지는 곧바로 소녀의 어머니에게 전화를 걸었다.

"어머니께 감사드립니다. 아이가 오늘 손톱을 깨끗하게 손질하고 왔더군요."

소녀의 어머니는 오히려 피아노 선생님께 더욱 감사하다며 인사를 했다.

"우리 아이가 그렇게 애지중지하며 아끼던 손톱을 스스로 자르는 것을 보고 저 역시 적잖이 놀랐습니다. 예전의 선생님은 그 손톱을 자르지 않으면 우리 아이를 가르칠 수 없다며 화를 내기도 했답니다. 하지만 조지 선생님은 우리 아이가 스스로 생각하게끔 잘 인도해 주셨어요. 결코 손톱을 자르라는 명령을 하지 않으시더군요. 오히려 제가 너무 감사드립니다."

피아니스트의 꿈을 간직하고 있던 소녀는 보다 훌륭한 연주를 하기 위해서는 '손톱을 잘라야 하겠구나.' 하는 생각을 스스로 하게 되었던 것이고, 조지 노리스 피아노 선생님은 쇼팽의 녹턴 곡뿐만 아니라 더 훌륭한 피아노 연주를 하기 위해서는 반드시 손톱을 잘라야 한다는 것을 소녀 스스로 깨닫도록 해 준 것이었다.

상대방이 동경하고 있는 것에 대하여 긍정적인 동기를 부여해 줌으로써, 조지는 상대에게 바라는 행동과 신뢰감을 동시에 얻을 수 있게 된 것이다.

상대의 심리, 즉 '선생님은 분명히 내 손톱이 맘에 들지 않으시겠지?'라고 하는 소녀의 생각에 '너의 그 긴 손톱은 피아노 연주 실력이 향상되는 데 방해를 주는구나.'라는 가치의식을 소녀의 마음에 심어줌으로써 소녀가 선생님에게 갖고 있던 경계심을 풀고 '선생님은 나를 위해 진정으로 조언을 아끼지 않는 분이시구나.'라는 신뢰감을 심어주었던 것이다.

4
록펠러 신뢰의 비결

데일은 대부호 록펠러가 어떤 수단으로 거대한 부를 형성하게 되었는가를 연구한 일이 있었다. 연구를 하던 중 데일은, 록펠러의 성공에는 남다른 사업수완의 비밀이 있다는 것을 발견했다.

록펠러의 사업수완에는 어떤 비밀이 있었던 것일까?

그것은 바로 '신뢰의 힘줄'을 놓지 않았던 결과였다.

그렇다면 록펠러가 어떻게 해서 거래처나 투자자 그리고 고객뿐 아니라 심지어 어린아이들에게서까지도 무한한 신뢰를 얻어낼 수 있었을까?

록펠러의 '신뢰를 얻는 비결'은 바로 미국의 28대 대통령을 역임한 우드로 윌슨의 조언을 믿고 실천한 것에 있었다.

록펠러의 지갑 속에는 항상 윌슨의 말을 적은 메모지가 있었다. 하루에도 몇 번씩 지갑을 열 때마다 록펠러는 그 메모를 보며 마음을 다잡고는 했다. 그 메모지에 적힌 '신뢰를 얻는 비결'은 다음과 같다.

『만일 누군가 내게 두 주먹을 불끈 쥐고 달려든다면, 나 또한 반사적으로 두 주먹을 움켜쥐고 달려들 수밖에 없을 것이다. 그것은 나의 뇌가 자연적으로 반응하는 반사적인 행동이기 때문이다. 하지만 만일 누군가 온화한 모습으로 나에게 다가와서 차분하게 이성적으로 대화를 하기 원한다면, 나 역시 그에게 신뢰감을 느끼며 온화한 모습으로 그와 마주 앉을 것이다. 사람의 이러한 행동 작용은 사람의 뇌는 태고 적부터 그렇게 훈련되고 길들여져 왔기 때문이다. 그래서 나는 누군가가 나에게 주먹을 휘두르며 달려든다고 할지라도, 상대와 같은 행동을 해서는 안 된다는 생각을 나의 뇌에 각인시켜놓기 시작했다. 내가 뇌에 주입시키고자 하는 행동지침은 다음과 같다.

'우선, 나는 감정이 격한 사람을 차분히 진정시키고 대화를 시도할 것이다. 우리의 견해가 다른 건 무엇인지, 무엇 때문에 다른지, 그의 생각이 내 생각보다 얼마나 더 중요한지, 우리 서로는 무엇을 양보하고 양해할 수 있는지를 요모조모 대화로써 풀어가다 보면 우리는 서로 같은 마음을 느끼며 화합할 수 있다는 걸 발견할 수 있을 것이다. 나는 이것이 바로 우리의 감정을 관장하는 이성적 판단이며, 그 마음이 바로 결코 놓쳐서는 안 될 '신뢰의 힘줄'이라고 생각한다.』

우드로 윌슨의 이와 같은 생각은 록펠러의 가슴에 깊은 깨달음을 주었다. 이 깨달음으로 인해 록펠러는 우드로 윌슨의 말을 자신의 인간관계 교훈으로 삼아 많은 사람들과의 관계 속에서 언제나 '신뢰의 힘줄'을 놓지 않기 위해 노력했으며, 이러한 삶의 자세를 더욱 강화하고 단련시키기 위해 온갖 심혈을 기울였다.

그의 성공은 결코 '신뢰의 힘줄'을 놓지 않았던 결과였던 것이다. 이러한 록펠러의 삶의 철학은 대규모 파업에 나선 노동자들과의 관계에서도 여실이 드러난다.

록펠러가 노동자들의 파업사태를 원만하게 해결한 일화는 지금도 수많은 노사관계의 지표가 되고 있다.

록펠러의 사업이 한창 번창하던 시기인 1915년은 미국 산업 역사상 가장 커다란 파업 사태가 곳곳에서 벌어졌던 해이다. 미국의 콜로라도 주를 강타했던 파업 사태는 2년 동안이나 지속되었고, 록펠러의 회사인 콜로라도 석유회사와 강철회사의 노동자들 또한 강력하게 임금 인상을 요구하며 파업에 동참했다.

회사의 임원들과 중견 직원들이 총동원되어 노동자 대표들과 협상을 벌였지만, 노사 간의 불신과 반목은 더욱 커져만 갔고 급기야 회사의 기물이 파손되고 이를 저지하기 위해 군대까지 동원되는 사태에 이르렀다. 무장한 군인들의 무자비한 진압에 목숨을 내걸고 강력 대항한 노동자들이 총을 맞고 쓰러지는 등 유혈사태가 벌어졌다. 노사 간의 증오심은 하늘을 찌를 듯 팽배해졌고, 숨이 막힐 것 같은 긴장 상태는 마치 전쟁터의 한복판에 서 있는 것 같았다.

그때, 록펠러는 회사의 임원들 앞으로 나서며 이렇게 말했다.

"내가 직접 나서 노동자 대표들을 만나 협상을 해 보겠습니다."

록펠러의 말을 듣고 있던 회사 임원들은 극구 만류했다.

"안 됩니다. 회장님! 그건 매우 위험한 일입니다. 지금 노동자들은 이성이라고는 찾아볼 수 없을 정도로 흥분되어 있습니다. 자칫 돌이킬 수 없는 위험에 처하실 수 있습니다."

회사의 임원들과 회사 중견 간부들은 록펠러의 말에 동의하지 않았다. 그러나 록펠러는 고개를 가로저으며 단호하게 말했다.

"여러분은 우리 회사의 노동자들이 왜 목숨을 걸면서까지 파업을 하고 있는지 아십니까?"

회사 임원들을 비롯한 간부들은 그 누구도 록펠러의 물음에 대답을 하지 못했다.

"우리 회사 노동자들의 마음을 이해하는 사람이 하나도 없군요!"

2주일 후, 록펠러는 자신이 공언한대로 노동자 대표들 앞에 나서서 그들을 친근하게 바라보며 말했다.

　　"여러분, 오늘은 제 생애에 있어서 매우 특별한 날입니다. 이렇게 회사의 임직원들과 노동자 대표 여러분을 한 자리에서 모두 만나게 된 첫날이기 때문입니다. 저는 생애가 다하는 날까지, 오늘 여러분과의 만남을 기억할 것입니다."

　　록펠러의 연설은 이렇게 시작되었고, 그의 연설이 진행되는 동안 분노에 차 있던 노동자 대표들은 흥분했던 마음을 가라앉히고 서서히 그의 말에 귀를 기울이기 시작했다. 록펠러는 계속 말을 이어나갔다.

　　"만일 저와 여러분이 2주 전에 이런 자리가 마련되었다면, 사실 저는 여러분 중 단지 몇 사람의 얼굴만 기억할 정도의 부끄러운 경영자로서 이 자리에 서 있었을 것입니다. 하지만 지난 2주 동안 우리 회사의 노동자들이 땀 흘리며 일하고 있는 현장인 탄광촌을 모두 방문한 덕분에 지금 이 자리에서는 거의 모든 현장 노동자 대표들과 허심탄회한 대화를 나눌 수 있게 되었습니다. 지금 그 분들이 이 자리에 참석해 계십니다.

　　저는 지난 2주 동안, 여러분의 가정을 일일이 방문하여 여러분의 가족들을 만나볼 수 있는 기회를 가졌던 것이 무척이나 기뻤습니다."

록펠러는 지난 2주 동안 현장을 방문하고 노동자들의 가정을 방문하면서 겪었던 일들을 진술하게 이어나갔다.

"여러분의 가족들과 인사를 나누고 돌아오면서 이제는 제가 만나게 될 여러분을 낯선 사람이 아닌, 가족이자 동료로서 만나게 될 오늘의 만남이 가슴이 벅차도록 기대가 되었습니다."

그때, 노동자 대표 중 한 사람이 자리에서 벌떡 일어나 소리쳤다.

"회장님, 갑자기 가족 운운하는 건 대체 무슨 속셈이죠? 그런 얘기는 그만 두시고 실질적인 협상에 대해 말씀하시죠."

록펠러는 부드러운 미소로 그를 바라보며 말했다.

"오, 게이트. 당신의 개구쟁이 아들 녀석이 얼음판에서 놀다가 팔이 다친 걸 보고는 무척 가슴이 아팠소. 그래, 그 개구쟁이 녀석의 팔은 좀 나았나요?"

록펠러가 노동자 대표들 속의 게이트를 바라보며 말을 하자, 노동자 대표들의 시선이 일제히 게이트에게 쏠렸고, 게이트는 록펠러를 멋쩍은 듯 바라보다가 무안했던지 흥분했던 마음을 가라앉히고 조용히 자리에 앉았다. 다시 사람들의 눈빛이 록펠러 회장을 향했다.

"제가 여러분과 더불어 지금 하고자 하는 이야기는 우리의 공동 이익에 관해서입니다. 그 문제를 논의하기 위해 여러분과 함께 지금 이 자리를 마련하게 되었고 또한 오늘 이 자리에서의 대화는 우리 모두의 상호우호정신이 될 것이라고 생각합니다."

연설을 하는 록펠러의 눈빛은 빛나고 있었으며, 강약이 적절하게 조화된 말로 노동자 대표들을 향해 연설을 이어나갔다. 노동자 대표들 또한 록펠러의 작은 소리와 소소한 몸짓 하나라도 놓칠세라 조용하게 록펠러의 연설을 경청했다.

"오늘 제가 이 자리에 서 있을 수 있는 것은 모두 여러분 덕분입니다. 물론 그동안 저는 안타깝게도 여러분 중 어느 한 쪽에도 설 수 없었지만 한편으로 생각해보면, 저는 여러분과 인간적으로 매우 친밀한 관계를 맺고 있었다고 생각합니다. 왜 그런지 궁금하시다면 저 역시 여러분과 같은 이 회사의 일꾼 중 한 사람임을 상기해 주십시오."

록펠러는 최선을 다해 우호적으로 자신의 진심을 노동자 대표들에게 전달하기 위해 애를 썼다.

그 결과는 놀랍게도 노동자대표들의 터져버릴 듯 넘쳐 오르던 증오의 파도를 가라앉혔다. 노동자 대표들은 자리 곳곳에서 손을 흔들거나 록펠러의 이름을 연호하는 등의 반응도 일어났다.

얼마 후, 록펠러 회장을 신뢰하게 된 노동자 대표들은 그토록 격렬하게 항거하던 임금 인상 문제에 대해서는 단 한 마디도 거론하지 않은 채, 각자의 일터로 되돌아갔으며 노동자들의 파업 사태는 원만히 해결되었다.

록펠러는 어떻게 해서 유혈 충돌 사태로까지 나아갔던 파업 사태를 진정시킬 수 있었을까?

그건 바로 '신뢰의 힘줄'을 결코 놓지 않으려는 록펠러의 신념 때문이었다.

그럼 우리는 여기서, 록펠러가 얼마나 우호적인 말과 진솔한 말투로 회사 노동자들을 대하고 있는지를 살펴볼 필요가 있다.

록펠러는 결코 기업 최고 경영자로서의 자세가 아니라 노동자들과 한 배를 탄 동료처럼 우정 어린 태도로 임했으며, 마치 의료 봉사대 앞에서 연설하는 것보다 더 온화하고 다정하게 노동자들을 존중하면서 자신의 진심을 전달할 줄 아는 능력이 그에게는 있었던 것이다.

요약해서 말하자면, 록펠러는 노동자와 자신은 노사관계로서가 아니라 동등한 회사 구성원의 입장에서 만난 것이며, 노사 간에 상호 우호의 정신과 공동의 이익을 창출해 가고자 한다는 말을 하면서, 자신이 오늘 이 자리에 설 수 있었던 것은 모두 노동자들의 덕분임을 진솔하게 표현했던 것이다. 그리고 그는 직접 노동자들의 가정을 최대한 방문하여 많은 가족들을 만나서 그들의 삶을 직접 살펴봄으로써 그들의 삶의 애환과 어려움을 확인할 수 있었으며, 가족들에게는 한 가정의 가장으로서의 책무를 다하고 있는 노동자들의 노고를 알려줌으로써, 노사 간의 관계는 서로 존중하고 마음을 합쳐야 하는 한 가족임을 증명했던 것이다.

'신뢰의 힘줄'을 결코 놓지 않는 록펠러의 비결, 즉 상대의 입장을 헤아리고 이해하고 존중하려는 태도는 어쩌면 적이 될 뻔했던 사람들을 친구처럼 어깨를 함께 걸고, 같은 목표를 향해 길을 가고 있는 동료로 만들어 내는 결과를 가져오게 된 것이다.

개인이나 기업 또한 어떠한 지도자도 신뢰를 잃고서 성공을 한다거나 대중의 지지를 얻기는 힘들다.

신뢰는 유리 거울 같은 것이다. 한 번 금이 가면, 원래대로 다시 돌아올 수 없을 뿐만 아니라 자칫 자신을 해치는 흉기가 될 수도 있다는 것을 알아야 한다. 록펠러와 같은 이해와 우호 및 존중의 태도는 비단 노사 간의 협상에서뿐만 아니라 우리의 일상생활 속에서도 적용해 보면 좋을 '신뢰를 얻어내는 비결'이다.

5

경쟁심을 자극하라

다른 사람보다 우위에 서고 싶은 욕구, 즉 경쟁심은 인간의 강한 본능 중 하나이다.

우리가 그 이름을 익히 알고 있는, 자신의 이름을 후대에까지 남긴 유명한 사람들이 숱한 고난과 어려움을 극복하고 후대에게 교훈을 줄 수 있는 사람이 될 수 있었던 힘의 원천은 무엇 때문이었을까?

그들이 살던 시대에도 현실의 어려움은 있었다. 하지만 그들은 자신에게 닥친 고난을 극복해야 한다는 경쟁의식이 남보다 강했기에 치열한 노력을 기꺼이 할 수 있었으며, 어떤 실패나 좌절에도 굴하지 않고 다시 일어설 수 있었다. 그들에게 그러한 강인한 정신력이 없었다면 후대에까지 교훈을 남길 수 있는 업적을 이룰 수 없었을 것이다.

데일이 소개하는 대표적 인물 중 한 사람이 시어도어 루스벨트이다. 루스벨트는 뉴욕 경찰청장을 거쳐 해군 담당 차관보로 일하던 1898년, 스페인과의 전쟁이 선포되자 '러프라이더 연대(Rough Rider)'라는 별명이 붙어진 민병대를 조직하여 아들과 함께 참전했다.

다른 상류층 인사들은 자식들을 전쟁터로 내보내지 않으려고 온갖 비열한 짓을 하며 자신의 거짓된 본성을 드러냈지만, 그는 아들과 함께 전쟁에 참전하여 사랑하는 아들을 전쟁터에서 잃었다. 이 소식은 정치가들을 불신하고 있던 국민들에게 큰 감명을 주었다.

루스벨트가 국민들에게 영웅의 찬사를 받게 된 결정적인 사건은, 독자적인 판단으로 산티아고 전투를 수행하여 스페인과 쿠바 연합군을 크게 격파한 승전 소식 때문이었다. 당시 미국 국민들은 전장에서 들려오는 암울한 패전 소식으로 서로 마주보고 웃을 힘조차 없을 정도로 정신적으로 불안해하고 있었으며, 경제적으로는 극심한 불황에 굶주리고 있었다. 그때, 루스벨트의 승전 소식이 들려왔다. 그야말로 가뭄에 단비 같은 승전 소식이었다.

그러나 루스벨트는 이 작전으로 인해 구속될 위기에 처하기도 했다. 왜냐하면 루스벨트는 전쟁터의 상황을 전혀 고려하지 않고 내리는 형식적인 미 국무성의 명령을 따르지 않고, 독자적으로 전투

작전을 수행했기 때문에 명령 불복종 죄를 범했기 때문이었다.

이 소식이 전해지자 나라를 구한 영웅을 지켜주지 못하는 법이 무슨 법이냐며 국민들 스스로 구국의 영웅 루스벨트를 지키기 위해 대대적인 항의 시위에 나선 것이다.

전쟁이 끝나고 본국으로 돌아온 루스벨트는 얼마 후 실시된 뉴욕 주지사 선거에 출마하여 당선되었다. 루스벨트가 주지사에 선출되자 그의 주지사 직을 반대하는 사람들은 루스벨트에게는 법적으로 뉴욕 주 시민으로서의 자격이 없다며 격렬하게 항의했다.

그들의 강력한 항의에 당황한 루스벨트는 선출된 뉴욕 주지사 직에서 사퇴를 하겠다는 기자회견을 열겠다고 사람들에서 말했다.

기자회견 소식을 전해들은 공화당 원로 정치가인 토머스 C. 플랫은 루스벨트에게 한달음에 달려가서 루스벨트를 보자마자 불같이 호통을 쳤다.

"산 후앙 언덕의 전쟁 영웅이 겁쟁이가 되다니! 그까짓 반대파들의 정쟁에 의지가 꺾여 시민들의 소중한 투표로 결정된 주지사 직을 내려놓겠다니 그것이 도대체 말이나 되는 소리요."

이 말에 자극을 받은 루스벨트는 주지사 직에서 물러나겠다는 자신의 말을 번복하고, 주지사 직을 반대하는 사람들을 찾아다니며 그들을 설득하기 위해 노력했다.

이후 루스벨트는 성공적인 주지사 직 수행으로 국민들의 신망을 얻어 1901년, 20세기 최초의 미국 대통령인 제26대 미합중국 대통령에 선출되었으며, 1906년에 현직 대통령으로서는 최초로 노벨 평화상을 받았다.

만일 루스벨트의 도전정신을 자극한 원로 정치인 토머스 C. 플랫의 꾸지람이 없었다면, 루스벨트는 도지사 직에서 내려온 이후 어떤 삶을 살다가 세상을 떠나게 되었을까? 어쩌면 그는 평범한 삶을 보내다가 자신의 남은 생을 마감했을지도 모른다.

이처럼 사람은 누구에게나 도전정신이 잠재되어 있으며, 어떤 계기로 인해 그것이 자극을 받았을 때 숨어 있던 경쟁의식이 크게 반응하게 되는 것이다.

여기서 우리는 인간관계의 비결을 찾아볼 수 있다. 그것은 바로 사람의 마음을 움직이려면 그 사람의 경쟁의식을 일깨워 주는 것이 효과적이라는 것이다.

데일은 수강생들에게 시어도어 루스벨트에 이어 뉴욕 주지사를 역임했던 알 스미스의 사례를 수강생들에게 들려주었다.

주지사 알 스미스는 특히 난폭한 범죄인들을 한 곳에 모아 구금하고 있는 싱싱 교도소장 직을 수행할 마땅한 인물이 없어서 고심을 하고 있었다. 폭력적이고 위험한 중범죄인들의 폭력을 근절하고 질서를 유지하기 위해서는 강력한 리더십을 갖춘 인물이 필요했기 때문이다. 오랫동안 고심을 거듭한 끝에 스미스 주지사는 뉴욕 외곽의 경찰국에서 정보 업무를 담당하고 있던 루이스 로즈를 적임자로 판단하고 지목했다.

스미스 주지사는 로즈를 만나 간곡하게 싱싱 교도소장 직을 맡아줄 것을 권했다. 주지사의 권유에 로즈는 난처한 표정을 지었다. 사실 싱싱 교도소장 직은 여러 면에서 달갑지 않은 직책이었기 때문이다. 교도소장이라는 직책은 정계의 흐름에 매우 민감한 자리였기 때문에 전임 교도소장 중에는 채 3개월을 넘기지 못하고 교체가 되는 일이 자주 있었다. 더구나 정치가로서 자신의 미래를 꿈꾸던 로즈의 입장에서는 정말 달갑지 않은 자리였던 것이다.

교도소장 직에 곤란해 하는 로즈의 모습을 간파한 알 스미스 주지사는 로즈를 바라보며 말했다.

"하긴 싱싱 교도소장 직은 너무 힘들고 막중한 책임을 감당해야 할 직책이지. 로즈, 그렇지 않소? 당신이 내키지 않아 하는 것을 나 또한 모르는 바는 아니지만 웬만한 인물로는 감당하기 힘든 자리이니 말이야."

'웬만한 인물로는 감당하기 힘든 자리'

이 말을 들은 로즈는 갑자기 태도가 돌변하여 싱싱 교도소장 직을 한번 맡아서 최선을 다해 보겠다고 주지사에게 말했다.

로즈에게 '웬만한 인물로는 감당하기 힘든 일'을 해보고 싶은 투지가 생긴 것이다.

한편, 상대의 경쟁심을 자극하는 것이 과연 옳은 방법인지에 대해 의문을 갖는 사람도 있을 것이다. 그러나 여기서 말하는 경쟁심은 '남보다 더 소유'하겠다는 악착스러운 경쟁심이 아니라 '남보다 좀 더 뛰어나야 한다는 경쟁심'이라는 사실을 염두에 둔 것이라는 사실을 알아주면 한다.

싱싱 교도소장으로 부임한 로즈는 열정적으로 교도소에 수감 중인 사람들을 순화하는 일에 자신의 열정과 노력을 기울였고, 공정하고 질서 잡힌 교도행정 집행으로 자신이 맡은 책무에 혼신의 힘을 쏟았다.

일 년 후, 뉴욕 지방 정부의 관계자들 사이에서 로스의 이름을 모르는 사람이 없을 정도로, 그는 능력 있고 신뢰받는 교도소장으로 정·관계의 유명인사가 되었다.

그의 저서 《싱싱 교도소에서의 2년》은 베스트셀러가 되었으며, 그의 논문 《수감자 처우 개선론》은 교도행정에 획기적인 개혁을 가져왔다. 또한 그의 이야기는 몇 편의 영화로 제작되기도 했다.

다시 한 번 강조하지만, 바위처럼 요지부동인 사람의 마음을 움직이기 위해서는 그의 경쟁심을 자극하는 것이 효과적인 방법이다. 경쟁심을 자극 받은 사람은 자신이 다른 사람보다 뛰어나다는 사실을 입증하기 위해 노력할 것이기 때문이다.

6

작은 도움이
신뢰로 이어진다

인생은 한 치 앞도 내다볼 수 없는 알 수 없는 길이다.

오늘 남부러울 것 없을 것 같던 사람이 내일 삶의 고통에 몸부림치며 울고 있는 사람이 될 수도 있고, 오늘 보잘 것 없던 사람이 내일 누구도 무시할 수 없는 사람으로 변해 있을 수도 있다. 따라서 어느 누구도 자신의 삶에 대하여 자만해서는 안 되며, 어떤 사람도 소홀히 대해서는 안 된다. 자신이 무시했던 사람에게 언제 도움을 바라는 상황이 올지 모른다.

다른 사람들로부터 존중과 신뢰를 받는 사람이 되고 싶은 사람이라면 다른 사람의 불행을 외면하지 말고, 도움을 주는 일에 인색

하지 말아야 한다. 왜냐하면 사람은 자신에게 도움을 준 사람에게 지금의 처지에서는 어쩔 수 없을지라도 마음속으로는 신뢰하는 마음을 쌓아놓고 언젠가 보답할 날을 만들기 위해 노력할 것이기 때문이다.

자신의 주변을 돌아보고 조금만 관심을 가지면 될 일을 귀찮다고 생각하거나 다른 사람의 불행을 외면하는 사람이 있다. 그러나 이러한 행위는 다른 사람의 신뢰를 얻고 그들을 자신의 지지자로 만드는 데 마이너스 요인이 된다는 것을 알아야 한다.

데일이 뉴욕 교외의 포리스트 힐에서 거주할 때의 일이다.

어느 날 데일은 길을 가다가 부동산중개업을 하고 있는 한 남자를 만났다. 마침 데일은 자신이 살고 있는 집의 건축 재료에 관해서 궁금한 것이 있어서 그에게 도움을 청했다.

데일의 부탁에 부동산중개업자는 귀찮다는 듯이 자기도 잘 모르겠다며 협회에 문의해 보라고 하며 그대로 가던 길을 갔다.

다음 날 부동산중개업자로부터 한 통의 편지가 왔다. 데일은 어제 자신이 도움을 청했던 물음에 대한 답을 보냈거니 생각하고 기쁜 마음으로 편지를 펼쳐보았다.

편지의 내용은, 건축 재료에 대한 문제에 대해서는 협회에 문의하라는 짤막한 글과 더불어 자신이 추천하는 보험에 가입해달라는 부탁의 내용이었다.

데일은 불쾌했다. 부동산중개업자의 말대로 자신이 직접 협회에 전화를 해서 문의할 수도 있지만 건축 재료에 대해서 문외한인 자신에게는 난감한 일이기도 했다. 그래서 어제 그를 만난 기회를 이용하여 도움을 청한 것이었다. 하지만 부동산중개업자는 데일의 부탁에는 관심을 기울이지 않으면서 자신에게 도움이 되는 보험에 가입해달라고 부탁을 했던 것이다.

한 마디로 그 부동산 중개업자는 자기가 다른 사람에게 도움을 주는 일에 전혀 관심이 없다는 것을 데일에게 실토한 셈이다.

데일은 그의 부탁을 정중히 거절했다. 하지만 만일 그가 데일의 부탁에 관심을 기울였다면, 데일 또한 그의 부탁에 관심을 가졌을 것이다. 작은 도움을 외면한 부동산 중개업자의 행동은 자신에 대한 신뢰를 차단하는 행위를 자신도 모르는 사이에 하게 된 것이다.

물론 손익을 따져가면서까지 상대를 도우라는 것은 아니다. 이해타산적인 도움은 오히려 상대에게 불쾌감을 줄 수 있으므로 상대의 곤란에 도움을 주는 일은 곧 자신을 돕는 일이라 생각하고 진심으로 도움을 주고자 하는 마음가짐이 중요한 것이다.

사람들로부터 존중과 신뢰를 받는 사람들은 대개 자신의 이익만을 생각하지 않으며, 모두에게 친절하다는 특징이 있다. 또한 그들 중에는 자신의 일은 뒤로하고 남에게 도움을 주는 일에 자신의 평생을 바쳐 헌신한 사람도 있다.

그러한 사람들의 선행이 사람들의 입에서 입으로 전해지고, 그들에 대한 미담이 세상에 빛을 발하고 희망을 전해주는 것은, 그들은 자신의 삶은 물론 다른 사람의 이익과 고난까지 더불어 함께하는 삶을 살았기 때문이다.

다른 사람의 마음을 움직여서 신뢰를 얻기 위해서는, 자신이 그들에게 어떤 도움을 줄 수 있는지 항상 관심을 갖는 삶을 살아야 한다. 작은 도움이 신뢰로 이어져 바위 같이 딱딱하게 굳어 있는 사람의 마음도 부드럽게 움직일 수 있는 것이다.

7

밑천 들지 않고
이익은 막대한 것

 /

 /

'밑천은 들지 않는다. 그러나 이익은 막대하다.

그것은 아무리 베풀어도 줄어들지 않으며, 베풀수록 풍부해진다.

이것에 대한 단 한 번의 경험뿐 일지라도,

그 순간의 기쁨은 영구히 기억될 것이다.

어떤 부자도 이것 없이는 행복할 수 없으며,

물질적으로 아무리 가난할지라도 이것으로 인하여 풍부해진다.

가정에는 행복을, 사업에는 신뢰와 성공을 약속한다.

지친 사람에게는 휴식이 되고, 실의에 빠진 사람에게는 희망이 되며,

슬퍼하는 사람에게는 밝은 햇살이 되어주며, 괴로워하는 사람에게는 해독제가 된다.

이것은 돈을 주고 살 수도, 강요할 수도, 빌릴 수도, 훔칠 수도 없다.'

위의 글은 어느 회사의 공익광고 문안이다. 이 글에서 강조하는, 모든 사람에게 기쁨이 되고 희망이 되는 것은 바로 '이것'이라고 하며 이것을 실천하라고 하는데 독자 여러분은 이것을 무엇이라고 생각하는가?

독자여러분께 수수께끼 형식으로나마 잠시 생각하는 시간을 주고자 제목이 들어있는 마지막 행은 뺐다. 이글의 마지막 행은 다음과 같다.

'무상으로 주어야 비로소 가치가 있는, 그것은 바로 '미소'다.'

대부분의 사람들이 실감하지 못할 수 있지만, 사실 미소는 그 어떤 미사여구보다 사람의 마음을 움직이는데 엄청난 위력을 가지고 있으며, 사람의 마음을 사로잡는데 큰 효과를 발휘한다. 따라서 사람들에게서 신뢰를 얻고 자신의 지지자로 만들고자 한다면 진정한 미소의 의미를 깨달아야한다.

하지만 안타깝게도 많은 사람들이 가장 쉽게 기쁨과 행복 그리고 신뢰를 얻을 수 있는, 미소를 지을 여유를 찾지 못한 채 힘들어 하는 표정과 거친 몸짓으로 아까운 시간과 노력을 안타깝게 허비하고 있다.

많은 유산을 상속받은 미망인이 있었다. 그녀는 사람들에게 추앙받고 싶은 욕구가 있었기 때문에 사람들 앞에 자신을 내세우는데 온갖 심혈을 기울였다.

어느 날, 그녀는 지역 사회에서 많은 사람들에게 신뢰를 얻어서 지지를 받고 있는 어느 유력 정치인이 주최한 만찬회장에 값비싼 옷과 화려한 장신구로 온몸을 치장하고 참석했다.

그녀의 모습은 유명 백화점에서 비싼 값에 한정적으로 판매되는 흑표범 모피 코트와 큼직한 다이아몬드를 비롯한 값비싼 보석 등으로 번쩍거리며 빛나고 있었다.

그녀의 화려한 모습은 사람들의 시선을 자신에게 향하도록 하는데 부족함이 없었지만, 그녀의 얼굴표정에 고스란히 드러나는 본심만은 무엇으로도 치장할 수가 없었는지 욕심과 자만심이 고스란히 드러나는 것은 어쩔 수가 없었다.

그녀는 몸에 걸친 화려한 의상보다도 온화한 미소와 내면의 충실함이 고스란히 드러나는 얼굴 표정이 진정한 아름다움임을 알지 못했던 것이다.

미소는 행동력 이상의 설득력을 지닌다. 살며시 짓는 온화한 미소에는 '나는 당신에게 호감을 갖고 있습니다.', '당신 덕분에 정말 즐겁습니다.', '당신을 뵙게 되어 정말 기쁩니다.', 등의 의미를 내포하고 있다.

뉴욕의 한 백화점에서 판매원들을 관리하는 스미스 부장은 다음과 같이 말한다.

"우리 백화점에서 원하는 직원은 진지한 얼굴 표정의 대학원 출신 직원이 아닙니다. 학력은 비록 조금 부족할지라도 사랑스러운 미소를 지닌 직원을 우리 회사는 훨씬 선호합니다."

유창한 언변보다 미소 짓는 온화한 표정이 백화점을 찾는 고객의 마음을 움직이는데 얼마나 결정적인 역할을 하는지 잘 나타내 주는 말이라고 할 수 있다.

하지만 미소라고 모든 미소가 유익한 것만은 아니다. 유익한 미소는 마음속 진심에서 우러나오는 미소, 즉 상대방의 마음을 기쁘고 행복하게 하는 미소를 말한다. 이런 미소가 진정 참다운 미소라고 할 수 있다. 반면, 마음에서 우러나오지 않은 억지미소는 오히려 상대방의 화를 돋우고 적대감을 심어줄 수 있다.

참다운 미소를 지으려면 어떻게 해야 할까?

우선 자신이 즐거워야 한다. 자신은 전혀 행복하지 않은데 다른 사람을 기쁘고 행복하게 하는 미소를 보낸다는 것은 정말 쉽지 않은 일이다. 왜냐하면 인간은 감정의 동물이기 때문에 하루에도 몇 번이라도 감정의 변화를 겪을 수 있는데, 기분이 좋지 않은 순간의 감정을 숨기고 미소를 짓기란 결코 쉽지 않은 일이기 때문이다.

그렇다면 웃고 싶지 않을 때는 어떻게 해야 할까?

행복하고 유쾌한 기분을 유지하려고 노력하는 것이다.

하버드 대학의 윌리엄 제임스 교수는 다음과 같이 말했다.

"행동은 감정에 따른다고 생각할 수 있지만 실제로는 행동과 감정은 병행한다."

제임스 교수의 말은, 즐거운 상태의 감정이 아닐 때에도 쾌활한 듯 행동하면 감정 또한 스스로 유쾌하다는 감정에 동화되어 기분이 전환되며, 그럼으로써 행동을 조정할 수 있다는 것이다.

윌리엄 제임스 교수의 '행동과 감정은 병행한다.'는 말을 증명해 주는 사례로, 미국 프로야구 세인트루이스의 유명한 3루수였던 프랭클린 베드가의 이야기가 있다.

베드가는 경기 중의 부상으로 프로야구선수 생활을 청산하고 한 보험회사의 세일즈맨으로 입사했다.

오랫동안 야구밖에 모르던 그가 세일즈맨 생활에 적응한다는 것은, 그에게 너무나 힘겨운 일이 아닐 수 없었다. 회사생활에 적응을 잘하지 못하니 실적은 당연히 저조했고, 그의 얼굴표정에는 항상 우울함이 그대로 드러났다.

그러던 어느 날, 베드가는 우연한 계기로 인해 미소를 잃지 않는 사람이 어느 자리에서나 환영을 받는다는 사실을 깨닫게 되었다.

깨달음 이후, 베드가는 부드러운 미소와 진솔한 웃음을 잃지 않기 위해 무진 애를 썼다. 기분이 좋지 않을 때에는 일부러라도 쾌활하고 명랑하게 행동함으로써 항상 즐거운 기분을 유지하려고 노력했던 것이다.

가령, 고객의 집을 방문하기 전에 잠시 여유를 갖고, 자신이 감사하고 즐거워해야 할 일을 생각해 내고는 미소 짓는 연습을 했다. 그런 다음, 그 좋은 기분의 여운이 사라지기 전에 고객을 만났다.

그 결과, 베드가는 세일즈맨으로서 성공했다. 그의 성공은 항상 미소와 웃음을 잃지 않는 간단한 테크닉 덕분이었다.

기분이 좋을 때 부드러운 미소와 진솔한 웃음을 짓는 일은 누구나 쉽게 할 수 있는 일이다. 반면 기분이 나쁠 때에도 미소를 짓는 얼굴표정을 유지하기 위해서는 마음의 여유와 그리고 수양이 필요한 일이다.

여기서 우리는 신뢰의 끈을 놓치지 않는 비결을 찾아낼 수 있다. 사람들에게 신뢰받는 사람이 되기 위해서는 기분이 침울할 때에도 미소를 지을 수 있는 여유를 가져야 한다는 것이다. 그래서 우리는 생각해 보아야 한다.

'감정에 따라 순간순간 표정이 변하는 사람에게 어느 누가 믿음을 주고 신뢰를 보낼 수 있겠는가?'하고 말이다.

상대의 마음을 움직이고 싶은데 미소가 나오지 않는다면 즐거운 척 행동해 보라. 그러면 곧 자연스러운 웃음이 나오게 될 것이다. 행동은 감정을 조정하기 때문이다.

미소는 구름에 가려졌던 태양이 빛을 발하는 것과 같이 상대방에게 큰 기쁨과 행복을 준다. 아무리 뛰어난 화술을 지닌 사람이라도 진심어린 미소를 보내는 사람만큼 신뢰를 얻기는 어렵다. 다른 사람에게 믿음을 주고 신뢰를 얻고 싶다면 미소를 잃지 않는 사람이 되어야 할 것이다. 당신의 그 미소가 많은 사람을 당신의 지지자로 만들게 될 것이다.

8

'이것만 해주면 신뢰할 텐데'
하는 심리

부인이 남편에게 바라는 것은 대개 매우 소박하며 일상적인 것이 특징이다. '이것만 이해해 주면 좋겠는데' 또는 '다른 건 몰라도 이것만은 좀 호응해주면 좋겠는데.' 등등.

하지만 남편은 아내의 마음을 아는지 모르는지 무관심하게 그저 무심히 지나치는 경우가 많다.

사실 아내들은 큰돈이나 명예 등을 바라지 않음에도 불구하고 남편들의 무관심으로 인해 그나마 긴가민가하게 쌓여 있던 남편을 향했던 믿음과 신뢰의 마음을 내려놓거나 심지어는 불행의 씨앗을 잉태하기도 한다.

샘 더글러스의 가족들이 뉴욕 외곽 이스트 강이 한 눈에 들어오는 브루클린의 한적한 마을, 정원에 잔디가 파랗게 깔린 집으로 이사를 온 것은 4년 전이었다. 특히 더글러스의 아내는 파란 잔디가 깔려 있는 정원이 있는 이곳으로 이사를 온 것에 대해 매우 만족스러워 했다. 왜냐하면 그녀는 정원을 가꾸며 사는 것이 오랜 꿈이었기 때문이다.

그러나 더글러스는 아내가 잔디 정원 꾸미는 일을 좋아한다는 것을 알고 있었음에도, 아내가 얼마나 많은 시간을 정원 가꾸기에 열중하고 있는지에 대해서는 무관심했다. 아침에 출근을 할 때나 저녁에 퇴근을 하면서도 잔디 정원에 어떤 변화가 있는지에 대해서는 별로 관심을 보이지 않았다.

"여보, 오늘 우리 정원이 뭔가 다르게 보이지 않아요?"

아내는 자신이 열심히 정원을 꾸며 놓은 것을, 남편이 알아주기를 바라는 마음에서 종종 남편에게 질문을 던져보지만 남편의 대답은 매번 같았다.

"뭐가 달라졌다는 거지? 내가 보기엔 그대로 인걸."

처음 몇 번은 남편에게 이런 말을 들어도 섭섭한 마음을 감추고 그냥 넘어갔던 아내도 남편의 대답이 매번 반복되자, 차츰 남편의 무관심에 짜증이 나기 시작했다.

그녀는 남편이 출근을 하면 친구와 전화통화를 하면서 남편에 대한 불만을 늘어놓았다.

"글쎄 말이야. 내가 잡초 뽑는 일을 거들어 달라고 하니? 아니면 잔디 깎는 일을 도와 달라고 하니? 그런데도 우리 남편은 내가 얼마나 정성껏 정원을 관리하는지 관심이 전혀 없어. 내가 얼마나 속상한지 아니? 하긴 내 속을 네가 어떻게 알겠니?"

그녀의 불평불만은 날이 갈수록 쌓여갔다. 그렇게 섭섭한 마음이 가슴 깊은 곳으로부터 차곡차곡 쌓이기 시작하자, 마침내 어느 주말 아침에 부부간에 큰 다툼이 일어나게 되었다. 주말 오전에 일찍 일어난 남편은 어제 저녁 퇴근하면서 아내에게 했던 말을 가장 먼저 떠올렸다.

"여보, 내일 아침 6시에 테니스 모임이 있으니, 시간 맞춰 깨워 줘요."

어제 저녁 남편은 집에 도착하자마자 정원을 가꾸고 있는 아내를 향해 큰 소리로 이렇게 말했던 것이다.

"어, 당신 퇴근했어요, 알았어요."

아내는 남편의 말에 무심코 대답을 했다. 그런데 남편은 아침에 일어나 시계를 쳐다보면서 "이런! 모임에 참석하기에는 너무 늦었는걸!" 투덜거리며 세면도 하는 둥 마는 둥 물만 살짝 얼굴에 찍어 바르고서 부랴부랴 옷을 챙겨 입고는 아내를 찾았다.

하지만 아내는 정원에서 열심히 잔디를 손질하고 있는 중이었다.

"아니, 여보! 내가 오늘 아침 테니스 모임 있다고……."

아내는 잔디 깎는 일을 멈추고 남편을 바라보며 물었다.

"뭐라고요?"

"내가 어제 저녁에 퇴근하면서 오늘 아침 테니스 모임이 있다고 말하지 않았소."

남편의 말에 아내는 무슨 소리를 하느냐는 듯이 어리둥절한 표정을 지으며 말했다.

"아니, 당신이 언제요? 난 처음 듣는 말인데요?"

남편은 화가 났다.

"아니, 여보. 당신은 내 말을 왜 그렇게 소홀히 듣는 거지? 도대체 나를 어떻게 생각하는 거요. 남편으로서 신뢰하기는 하는 거야. 정말 기분이 좋지 않군."

아내는 불만 가득한 표정으로 짜증을 내는 남편을 바라보며 그동안 마음속에 쌓아두었던 이야기를 꺼내기 시작했다.

"내가 당신을 신뢰하지 않게 만든 건 당신 때문이라고요!"

결국 테니스 모임에 참석하는 것을 포기한 더글러스는 아내의 울음 섞인 이야기를 한참 동안 꼼짝도 못하고 듣고 있어야만 했다.

"당신은 내가 얼마나 잔디 정원에 애착을 갖고 애정을 쏟는지 전혀 관심 밖이잖아요. 더구나 당신은 내가 정원에 있는 시간이 너무 많다고 화를 내기도 했고요. 기억 안 나세요?"

아내의 넋두리 같은 불평을 들으면서 더글러스는 곰곰이 자신이 아내를 어떻게 대했는가를 생각했다. 그리고 아내의 입장은 생각하지 않고 습관처럼 아내에게 불평을 늘어놓았던 사실을 깨닫게 되었다.

'이런, 내가 그 동안 아내에게 너무 무관심하고 냉랭하게 대했었군.'

더글러스는 자신이 아내의 취미생활을 알아주지도 못하는 그런 남편이었다는 사실이 부끄러웠다.

아내가 자신의 무관심을 지적하지 않았다면, 그는 자신이 아내에게서 신뢰받지 못하는 남편이었다는 것과 아내의 가슴에 자신을 향한 원망과 실망의 마음이 쌓여 있다는 사실을 모르는 채, 서로를 존중하지 않는 부부생활이 이어지지 않았을까하는 생각이, 아내에 대한 미안함과 더불어 자신에 대한 부끄러움이 한꺼번에 밀려왔다.

더글러스는 아내가 잔디 정원 꾸미는 일을 얼마나 좋아했는지에 대해 생각해 보았다. '아내가 정원이 있는 곳으로 이사를 오며 얼마나 기뻐했는지', '얼마나 많은 시간을 정원에 애정을 쏟았는지', '아내의 정성을 인정해 주고 격려해 주는 남편을 얼마나 기다렸는지'

그 일이 있은 후, 어느 날 저녁이었다. 식사를 마치고 아내가 남편에게 말했다.

"여보, 우리 산책 겸 정원을 좀 거닐까요?"

그러자 더글러스는 평소와 다르게 이렇게 말했다.

"여보, 오늘은 산책 후에 잔디에 잡초를 좀 뽑았으면 좋겠소."

남편은 달라졌다. 주말이 되면 이젠 망설임 없이 아내와 함께 정원을 가꾸며 보내는 일이 잦아졌다.

'부부의 화합이 평온하고 행복한 가정을 만든다.'는 더글러스의 깨달음으로 인하여 이들 부부에게는 과연 어떤 변화가 생겼을까?

아내는 자신이 애정으로 가꾸는 정원을 함께 돌보는 남편을 보며 행복한 미소를 지었으며, 더글러스 또한 행복한 표정이 가득한 아내의 얼굴을 바라보면서 절로 흐뭇한 미소가 입가를 떠나지 않았다. 그리고 아내는 친구와의 전화통화에서 남편에 대한 찬사를 늘어놓기 시작했다.

부부 간에 서로를 향한 신뢰의 끈을 놓지 않음으로써, 다시 찾아오게 된 가정의 행복이었다.

2장

인간관계 개선 비결

1

아버지의 눈물

동양 사람들에게는 유교문화에서 유래된 어른을 공경하는 마음이 기본적인 품성으로 형성되어 있다. 그러나 서양 사회에서는 나이가 많은 어른이라고 해서 무작정 공경을 받아야 한다는 사회적 준칙이 통용되지 않는 경향이 있다.

'윗물이 맑아야 아랫물도 맑다.'는 격언이 말해주는 바와 같이, 어른이라고 하더라도 어른답게 행동하고, 어른으로서의 책임을 다하여야 다른 사람들로부터 공경을 받을 수 있는 것이다.

실제로 중국을 비롯한 한국과 일본 그리고 홍콩 등의 동양지역의 나라에서는 아직도 공경의식이 어느 정도 사회적 공감을 얻고 있지만, 시대의 흐름에 따라 이러한 공경의식은 차츰 옅어지는 경향이 있다. 그래서 요즈음의 청소년들 사이에서는 어른의 말이라고 하여 무조건 순종해야 한다는 의식은 고리타분한 유물과 같은 문화라는 인식이 확산되고 있는 것 또한 사실이다.

데일은 홍콩에서 '정직함으로 신뢰를 얻는 비결'이라는 강좌를 일 년 동안 개설한 일이 있었는데, 강좌의 수강생 중에는 유독 말수가 적고 근심이 있는 듯 늘 어두운 표정의 중년 남자가 있었다.

데일이 개설한 '정직함으로 신뢰를 얻는 비결' 강좌에서는 종강을 앞둔 마지막 주 중에 수강생들이 사회생활을 하며 겪은 경험을 수강생들 앞에서 발표하는 시간이 마련되어 있었다.

평소 강의 시간에 조용하게 강의를 듣던 중년 남자가 자신의 발표 차례가 되어 수강생들 앞에 섰다. 중년 남자는 수강생들을 잠깐 바라보더니 자신의 사연을 이야기하기 시작했다.

"저는 지금 제 아들과의 사이가 좋지 않습니다. 왜냐하면 저는 한때 마약 중독자였고 가정을 등한시한 가장이었습니다."

그의 첫마디에 수강생들은 놀란 표정으로 그를 바라보았다.

"물론 지금은 완치되었습니다만, 저의 그런 방탕한 생활습관 때문에 하루도 마음 편할 날 없이 고생하던 아내는 속병을 얻어 아이가 열세 살 무렵에 세상을 떠났습니다. 그리고 하나밖에 없는 아들은 철들 무렵 집을 떠나서 지금은 손자까지 낳고 살지만, 아버지인

저와는 남남처럼 지내오고 있습니다."

수강생들은 그의 이야기를 들으면서 그가 한때 마약에 중독되어 아내와 자식을 돌보지 않는 무능하고 무책임한 가장이었지만 지금은 아버지의 자리를 되찾고 싶은 절실함을 느낄 수 있었다.

"지금도 아들은 저를 아버지로 생각하지 않고 있습니다."

수강생들의 여기저기에서 안타까움의 한숨 소리가 들렸다. 중년 남자는 눈물을 글썽이며 말했다.

"제가 이 강좌에 오게 된 것 또한 이런 문제에 부딪친 제 자신이 스스로 너무 무력하고 가엾게 느껴졌기 때문입니다. 과연 저는 아들에게 도저히 용서받을 수 없는 아버지일까요? 여러분의 의견을 듣고자 이 자리에 용기를 내어 나왔습니다."

중년 남자는 수강생들을 바라보며 정중하게 조언을 구했다.

데일은 중년 남자의 이야기를 들으면서 가슴속에 어떤 생각이 스치고 지나감을 느꼈다.

동양의 유교문화 사고방식에 따르면, 나이든 아버지가 먼저 아들에게 용서를 바라는 것은 있을 수 없는 잘못된 행동이라고 생각하는 경향이 있다. 그래서 그 중년남자는 아버지인 자신이 먼저 아들에게 용서를 구할 입장이 아니라는 생각을 하고 있었던 것이다.

데일은 자리에서 일어나 앞으로 나서며 중년남자에게 목례를 한 후, 수강생들을 바라보며 질문을 했다.

"여러분, 이런 문제에 있어 책임은 과연 누구에게 있는 것일까요? 가정을 등한시해서 온 가족을 힘들게 한 아버지에게 있는 것일까요? 아니면 아버지를 존중해야 하는 아들에게 있는 것일까요? 수강생 여러분의 각자 의견을 말씀해 주시기 바랍니다."

수강생들은 제각기 의견을 내놓았다.

"저는 아무리 아버지가 지난 시절 잘못을 했더라도, 이제 마약 중독에서 완치되어 정상인으로 돌아온 아버지를 받아드리는 것이 자식의 도리라고 생각합니다."

한 남자 수강생이 자리에서 일어나 자신의 의견을 발표하자, 한 여성 수강생이 일어나며 말했다.

"그렇지만 어린 나이에 아들이 받았을 상처에 대해서는 생각해 보셨나요? 심지어 마약에 빠져서 방황하던 아버지로 인해 어머니는 병을 얻어 앓다가 돌아가셨잖아요.. 그렇다면 아들과의 화해 또한 아버지에게 책임이 있는 거 아닌가요? 모든 원인은 아버지로부터 비롯되었으니까요."

수강생들은 자신의 생각을 자유롭게 말했으며 의견은 팽팽하게 나뉘어져 있었다. 그 때, 데일은 중년남자를 바라보며 물었다.

"지금 이 순간, 무엇이 가장 망설여지십니까?"

갑작스런 데일의 질문에 중년남자는 어리둥절한 표정을 지으며 데일의 말이 무슨 의미인지 잘 모르는 듯했다.

"다시 말씀드리면, 아들에게 아버지로서 신뢰를 되찾고 싶은 마음은 간절하시죠?"

"네, 물론입니다."

"그렇다면 아들의 신뢰를 회복하기 위해 아버지로서 어떻게 해야 한다고 생각하십니까?"

수강생들의 반짝이는 눈들이 중년남자에게 집중되었다. 중년남자는 가슴속에 차오르는 슬픔을 억누르고 있는 것처럼 보였다. 그리고 붉게 물든 눈으로 수강생들을 바라보며 말을 했다.

"제가 먼저 아들에게 잘못했다고 용서를 바라는 것이 과연 옳은 행동일까요?"

중년 남자는 유교문화의 사회분위기 속에서 살아왔던 아버지로서, 정말 어렵게 꺼낸 말이었을 것이다. 하지만 수강생들은 중년남자가 이런 질문을 던지자, 모두들 생각에 잠긴 듯 표정들이 사뭇 진지했다. 그때, 데일이 중년남자를 바라보며 냉정한 말투로 한마디 정곡을 찌르는 말을 했다.

"잘못했다고 생각하신다면 확실하게 인정하시기 바랍니다."

데일의 말에 힘이 들어가 있음을 수강생들은 느낄 수 있었다.

데일의 말을 들은 그의 눈에 눈물이 고이더니 뺨으로 흘러내렸다.

"제가 정말로 그렇게 할 수 있을까요?"

"물론이죠. 아드님 역시 가슴이 아프기는 아버지와 같을 것입니다. 이제 무럭무럭 자라고 있을 손자 녀석의 재롱도 보시면서 여생을 행복하게 보내셔야 되지 않겠습니까? 자손이 커가는 과정을 묵묵히 지켜보는 것 또한 어른으로서 할 일이니까요."

수강생들은 숙연해진 표정으로 중년남자를 안타깝게 바라보았다. 중년남자는 올라오는 눈물을 참을 수 없는지 양손으로 얼굴을 가린 채 어깨를 들썩였다. 마지못해 지켜온 자존심에 대한 부끄러움의 눈물이었다.

중년남자는 자식은 무조건 아버지를 공경해야 한다고 생각했던 자신의 생각을 후회하고 있었다. 그때 수강생 중 한 사람이 중년남자에게 손수건을 건네주었다. 잠시 후, 마음을 진정시킨 중년남자는 수강생들을 바라보며 말했다.

"제가 옳지 못한 인생을 살았습니다. 알량한 자존심으로 고집을 부리다가 이렇게 속절없이 무너져버린 제 자신을 생각하면 오히려 이제는 홀가분합니다. 여러분이 큰 힘이 되어 주셨습니다. 내일 저의 아들에게 가서 사과하고 용서를 구하겠습니다."

중년남자는 아들과의 관계가 이렇게 악화된 책임은 전적으로 자신에게 있다며 수강생들에게 고백했고, 수강생들은 뜨거운 박수로 중년남자의 용기를 격려해 주었다.

사실 아버지로서 아들에게 용서는 구한다는 일은, 절대 쉬운 일은 아닐 것이다. 특히 유교적 사고방식을 가진 사람으로서는 단호한 결단이 필요한 일일 것이다. 하지만 중년 남자는 자신의 낡은 관념과 고집을 꺾고 마음을 열기로 결심했다.

얼마 후, 다음 강좌 시간에 중년남자는 수강생들 앞에서 자신이 어떻게 아들과의 관계를 풀었는지에 대해서 이야기 했다.

중년 남자는 수강생들 앞에서 약속한 다음 날, 아들의 집을 찾아갔다. 초인종을 누르고 문 앞에서 아들이 나오기를 기다렸다.

"누구세요?"

문 안에서 들리는 아들의 목소리를 듣고서도 중년 남자는 아무 말도 못하고 문밖에 우두커니 서 있었다.

몇 번을 누구냐고 물어도 인기척이 없자, 문을 살며시 연 아들의 눈에는 무릎을 꿇고 앉아 있는 아버지의 모습이 보였고, 눈물이 흐르는 아버지의 눈으로는 아들 내외와 손자의 모습이 들어왔다.

"아니, 아버지."

"내가 잘못했구나. 아들아."

아버지와 아들 간에는 긴 말이 필요 없었다. 그 말 한 마디에 아들은 주체할 수 없이 흐르는 눈물을 감출 생각도 못하고 아버지 앞에 무릎을 꿇고 아버지를 마주 바라보았다.

"아버지, 제가 잘못했습니다. 용서해 주세요."

무릎을 꿇고 마주 앉은 부자의 모습을 바라보는 아내의 눈에서도 눈물이 흐르고 있었다.

지금, 중년 남자는 아들과 며느리 그리고 손자와 함께 생활하며 행복한 나날을 보내고 있다. 아버지로서의 잘못을 인정하고 아들에게 용서를 구함으로써, 아버지로서의 신뢰를 되찾게 된 것이다.

인간의 심리에 대해서 한 번 곰곰이 생각해 보자.

만일 당신이 누군가에게 욕을 해댈 정도로 화가 나 있을 때, 오히려 그 상대가 먼저 고개를 숙이며 당신을 찾아온다면 당신의 마음은 어떤 상태가 될까?

사람은 자신의 잘못을 인정하고 겸허한 태도로 응대하는 사람에게 그 어떤 적의를 품을 수 없는 것이 보편적인 사람의 심리이다. 그러므로 자신의 잘못된 행동을 솔직하게 인정하는 것은, 신뢰의 끈을 놓지 않을 매우 좋은 방법이며 성공하는 강인한 사람의 모습이다. 오히려 자신의 잘못된 행동을 알고 있으면서도 스스로 인정하지 못하는 것이 신뢰의 끈을 놓아버리는 결과를 초래하는 패배자의 모습이라고 할 것이다.

세상의 모든 일을 승리와 패배의 기준으로 바라볼 필요는 없다. 그러나 상대의 의견을 인정하거나 또는 자신의 주장이 잘못되었음을 알고 번복하는 것은, 결코 패배를 의미하는 것이 아니라 이해의 폭이 넓다는 의미임을 깨달아야 한다. 그리고 진정으로 우리가 알아야 할 것은, 승리보다 더 중요한 것들이 세상에는 많이 존재하고 있다는 것을 발견하는 것이다.

　중년남자의 이야기에서 우리가 배울 수 있는 교훈은 한 가정의 아버지라 해도, 직장상사라고 해도, 선배라고 해도, 자신이 상대방에 비해 유리한 위치에 있다고 하더라도, 나이와 지위를 불문하고 자신의 잘못이 있다면 솔직히 인정하고 고개를 숙일 줄 아는 것이, 상대방과의 신뢰의 끈을 놓지 않고 굳게 닫힌 마음을 열게 하는 열쇠가 된다는 것을 깨달아야 한다.

2
나는 아무것도 모른다

어떤 문제에 대해서 자신의 생각이 옳다고 확신하고 있더라도, 상대방의 생각이 명확하게 틀렸다는 것을 인지했을지라도, 절대 그것을 당신의 입으로 먼저 말하지 말라.

상대방의 어떤 의견이나 주장에 대하여, 당신이 그의 말은 틀렸다고 말을 하는 순간, 상대방은 자신의 의견이나 주장이 옳든, 그르든 당신을 향한 그의 신뢰도는 확 낮아졌다는 사실을 기억하라.

다시 말해서 누군가 당신을 콕 지명하며 묻지 않는 한, 어떤 문제에 대하여 그것을 당신이 먼저 설명하거나 주장해서는 안 된다는 것이다. 왜냐하면 내 생각이 옳다고 주장하고 있는 당신의 말이 상대방의 귀에는 이렇게 들릴 수 있는 것이다.

"내가 당신보다 똑똑하니까 내 말을 들어보고 잘못 알고 있는 당신의 생각을 바꿔. 이 어리석은 사람아."

당신의 말을 이렇게 해석한 상대방은 일종의 공격을 받고 있다고 생각할 것이다. 그리고 당신에게 반박하고 싶은 감정을 불러일으켜 싸우고 싶은 욕구를 느끼게 된다.

영국의 시인 알렉산더 포프는 이렇게 말했다.

"사람을 가르칠 때는 가르치지 않는 것처럼 하면서 가르쳐라. 그리고 어떤 새로운 사실을 제안할 때는 마치 그 사람이 깜박 잊고 있었던 것을 다시 생각해 낸 듯이 하라."

나를 내세우지 않고 상대의 의견을 존중하는 당신을 향해, 상대방은 마음속으로 당신을 신뢰하는 마음을 갖게 된다. 이처럼 상대방의 입장을 생각하며 대화를 하면 상대방은 이런 생각을 하게 되는 것이다.

'음, 이 사람은 나와 대화가 통하는 좋은 사람이군.'

이러한 사람의 심리 저변에는, 사람은 남에게 배우더라도 본능적으로 가르침을 받는다는 느낌을 좋아하지 않는 심리가 숨어있기 때문이다. 그러므로 상대에게서 신뢰감을 얻기 위해서는 자신의 주장을 말하기에 앞서, 우선 상대방의 감정이나 자존심에 상처가 되지 않도록 언행에 각별한 주의를 기울여야 한다.

이것이 상대방의 입장을 생각하는 배려의 화법이며, 신뢰의 끈을 확실하게 잡는 비결이다. 예를 들어 사랑하는 연인에게서 어떤 변화를 요구하고자 한다면, 연인이 눈치를 채지 못하도록 변화의 필요성을 각인시키는 재치 있는 노력이 필요하며, 또한 직장 동료나 비즈니스 관계에서 어떤 주장을 펼쳐서 상대의 동의를 얻어내야 할 상황이 벌어졌다면 상대가 자신의 주장에 동의하게 된 것은, 그가 스스로 터득하여 깨달은 것처럼 느낄 수 있도록 조력해야 할 필요가 있다는 것이다.

이처럼 누군가에게 신뢰를 얻어내어 성공한 사람들의 공통점은, 다른 사람이 자신의 일에 동조하여 일을 하고 있지만 그들이 그렇게 열정적으로 일을 하는 것은, 자기스스로 자발적으로 일을 하고 있다고 생각하도록 만드는 사람이라는 것이다.

인류 역사상 이를 가장 잘 실천했던 사람이 철학자 소크라테스다.

어느 날 소크라테스는 아테네에 있는 제자들을 모아 놓고 이렇게 말했다.

"내가 확실하게 아는 것은 오직 한 가지, 나는 아무것도 모른다는 사실이다."

소크라테스는 이 말을 제자들에게 끊임없이 들려줌으로써, 제자들 스스로 자신을 낮추어 겸손할 수 있도록 만들었다. 또한 소크라테스는 조국의 미래를 많이 걱정했던 인물이었다. 그는 나라의 운영을 책임지고 있는 정치가들을 찾아다니며 그들의 잘못과 타락에 대해 토론을 하며 깨우치려 노력했지만 오히려 정치가들은 소크라테스를 가리켜 나라의 신을 믿지 않고 부정하며, 사람들을 현혹하여 타락시키는 사람이라는 누명을 씌워 법정에 고발했다.

결국 소크라테스에게는 독약을 먹고 죽어야 하는 형벌이 내려졌다. 그러자 제자들이 스승을 구하기 위해 간수를 매수하고 탈옥을 권유했다.

그러나 소크라테스는 제자들을 만류하며 말했다.

"너희들은 그동안 내가 가르친 것을 아직도 깨우치지 못하고 있구나. 내가 진정한 자기 자신은 육체적인 자신에 있지 않고, 정신적인 자신에 있다고 가르치지 않았느냐? 내가 지금 이곳에서 탈옥을 하더라도, 이 늙은 몸이 어느 곳을 방황하다가 어디에서 더 살 수 있겠으며 또 그런 삶에서 무엇을 새롭게 얻을 수 있겠느냐? 그리고 악법도 또한 법이거늘 내가 이곳에서 탈옥을 하여 법을 어긴다면, 내가 어떻게 스스로 떳떳하다고 말할 수 있겠는가? 지금 이곳을 탈옥한다면 육신은 며칠 더 살 수 있겠지만, 정신적인 나 자신은 아주 죽고 말 것이다. 그러나 여기서 죽음을 맞이한다면, 육신은 없어지겠지만 정신적인 나는 영원히 살 것이다. 그러니 내가 죽더라도 그 죽음을 슬퍼하지 말라."

소크라테스의 말처럼 지금도 우리는 그의 이름을 가슴에 간직하고 있고 또 그에 대해서 말하고 있다. 그의 말대로 정신적인 소크라테스는 영원히 죽지 않고 후대의 가슴속에 살아있으니, 소크라테스는 후세에 대한 신뢰의 끈을 결코 놓을 수 없었던 것이다.

3
자신부터 살펴보라

'자기 눈의 들보는 보지 못하고 남의 눈에 티끌만 탓한다.'는 말이 있듯, 인간은 신체적으로 자신의 모습을 볼 수 없을 뿐만 아니라 본능적으로 자신의 잘못은 잘 찾아내지 못한다. 즉 자신의 잘못에 대해서는 관대하다는 것이다. 그러므로 다른 사람의 마음을 움직여 신뢰를 얻기 위해서는, 상대의 잘못을 찾으려 하기보다는 먼저 자신에게는 문제가 없는지 객관적으로 돌아보는 태도가 필요하다.

당신은 누군가의 잘못된 점을 고쳐주기 위해 진정 그를 아끼는 마음으로 충고를 하였는데, 상대가 심한 거부반응을 보이는 경험을 한 일이 있는가?

당신의 충고에 거부반응을 보인다는 것은, 그가 당신에 대해서 부정적인 감정을 가지고 있다는 것을 나타내는 것이며, 그의 속마음은 이렇다고 할 수 있다.

'당신이나 잘하세요. 자기도 못하면서 누구한테 훈계를 해.'

사람은 자신이 틀렸다고 생각하더라도 다른 사람에게 그것을 지적을 당하면 인정하지 않으려는 경향이 있다. 때문에 자신의 문제점을 먼저 설명하고 토론을 하듯 대화를 통해 설득하는 것이 상대의 마음을 움직이는데 매우 효과적인 방법이다.

우리는 다툼이나 분쟁이 발생했을 경우, 옳고 그름을 떠나 감정적으로 분개하여 서로의 오해를 증폭시켜 오랫동안 싸움이 끊이질 않거나 결국에는 서로 심각한 손해를 보고 모두 곤란한 상황에 빠지게 되는 경우를 목격한다.

이러한 상황은 자신의 주장만을 내세우고 상대의 의견을 무시하거나 외면하기 때문에 생기는 현상이다.

우리는 왜, 상대의 주장에 대하여 신뢰하는 마음을 갖지 못하고 불신하게 되는 것일까?

그것은 바로 의견의 전달방식에 있다. 아무리 올바른 정보나 사실을 전달하더라도, 받아들이는 상대방의 입장에서 설득력 있는 말과 행동으로 전달하지 않는다면, 상대방은 그 주장이나 정보를 사실 그대로 인정하며 받아들이기가 어렵다는 것이다.

이런 경우의 전달 방식은 대개 무뚝뚝하게 말을 한다거나 지나치게 공격적이라는 것이다.

데일은 말한다.

"상대방의 생각이나 의견이 틀렸다는 것을 당신이 확실하게 알고 있다 하더라도 그에게 무뚝뚝한 태도로 말하지 마십시오. 당신의 그러한 태도는 상대에게 신뢰감을 줄 수 없기 때문에 당신과 상대방과의 대화는 서로 신뢰하지 못하는 상태에서 대화를 이어가고 있는 것이므로 무의미한 시간을 보내고 있는 것입니다."

데일의 인간관계 개선 프로그램 강좌의 수강생인 제퍼슨은 뉴욕에서 변호사 일을 하는 사람이다.

그는 어느 날 연방 대법원에서 중대 사건을 두고 판사와 법정 논쟁을 벌인 일이 있다. 이 사건은 규모가 크고 천문학적인 금액이 걸려 있는 소송이었기에 국민적 관심이 집중된, 중대한 판례가 기대되는 재판이었다.

공판을 진행하는 판사가 제퍼슨 변호사에게 물었다.

"현재 해사법의 법정 기한이 몇 년입니까?"

판사의 물음에 제퍼슨 변호사는 판사가 그것도 모르냐는 듯이 발끈하며 나섰다.

"판사님, 해사 법에는 법정기한이 정해져 있지 않다는 사실을 모르십니까? 그리고……"

변호사가 판사에게 따지듯이 말하자, 법정 안은 쥐 죽은 듯이 조용해졌고 냉랭한 기운이 감돌기 시작했다.

이런 분위기에 당황한 제퍼슨은 방청석의 긴장된 표정의 방청객들을 바라보며 이렇게 생각했다.

'방청객들 표정이 왜 저렇지? 내 말에 틀린 말은 없는데?'

그 순간 판사가 단호한 어조로 말했다.

"변호인의 말대로 해사 법에 정해진 기한이 없다면, 피고인은 왜 자신의 법정대리인에게서 그 이야기를 듣지 못한 거죠?"

판사는 굳이 하지 않아도 되는 이야기를 하며 변호인을 몰아세우기 시작했다.

제퍼슨 변호사는 생각했다.

'판사의 표정이 왜 저렇게 굳어있지? 그리고 굳이 안 해도 될 말을 왜 하는 거야?'

제퍼슨은 자신이 분명하게 알고 있었던 이야기를 했을 뿐인데, 그리고 판사가 해사 법에 대해 질문을 하기에 말했던 것뿐인데, 무엇이 잘못된 것이지 하고 생각하며 고개를 갸우뚱했다.

그러나 제퍼슨 변호사가 간과한 것은 말을 전달하는 방법이 공격적이고 무뚝뚝했다는 사실이다. 다시 말해서, 변호사의 말이 옳다고 할지라도 변호인의 말을 전달받는 판사의 느낌은 매우 불쾌하여 이미 제퍼슨 변호사는 판사에게 신뢰를 잃은 상태에서 변론을 하게 되었던 것이다.

무뚝뚝하고 상대의 자존심을 생각하지 않는 말의 전달은 우리 생활 곳곳에서 불협화음의 불씨가 되고 있다.

이러한 현상은 친구나 연인관계에서도 흔히 볼 수 있을 뿐만 아니라 많은 기혼여성들이 남편의 공격적인 말투와 무뚝뚝한 태도 때문에 상처를 받고 힘들어 하고 있다. 이러한 상황은 결과적으로는 신뢰하는 마음을 불신하는 마음으로 변하게 하는 원인이 된다.

부드럽고 온화한 어투로 전해지는 의견의 전달, 신뢰의 끈을 더욱 단단하게 잡아매는 비결이다.

4

겸손은 힘들다

사람은 완벽하지 않은 존재이다. 그러함에도 종종 우리는 자신이 아무 흠결이 없는 완벽한 존재인양, 다른 사람을 비난하고 헐뜯는다.

다른 사람을 비난하고 헐뜯는 행위는 상대에게 부정적인 감정을 심어주어 되어 신뢰를 얻기는커녕 오히려 적으로 만드는 경우가 있다. 그러므로 누군가의 신뢰를 얻고자한다면, 상대의 단점을 지적하기 전에 우선 자신의 단점을 먼저 밝혀야 한다.

사람들 중에는 자신의 단점이 노출되면 상대에게 약점이 잡혀 끌려가는 결과를 초래하는 것은 아닌가하고 불안감을 느끼기도 하지만, 인간의 심리는 자신보다 약한 존재에게 본능적으로 마음을 쉽게 여는 모습을 보인다. 따라서 상대에 대해서 스스로 겸손하게 행동을 하면 상대는 너그러운 마음을 갖게 되고, 그럼으로써 신뢰하는 마음을 얻게 되는 요소가 되는 것이다. 하지만 안타까운 것은 스스로 겸손하기는 매우 힘들다는 것이다.

데일은 자신의 잘못을 스스로 인정할 수 있는 용기를 발휘한다면, 그것으로 인해 다른 사람의 신뢰를 얻는 긍정적인 효과를 불러온다는 사실을 실험을 통해 확인한 사람이다.

다음의 이야기는 데일이 직접 경험한 이야기다.

데일에게는 조세핀이라는 조카가 있었는데, 조세핀은 데일의 개인비서로 일하기 위해 집을 떠나 데일의 사무실이 있는 뉴욕으로 오게 되었다.

고등학교를 막 졸업하고 데일의 개인비서로 사회생활을 시작한 조세핀은 직장생활 경험이 없었기 때문에 업무에서 실수를 하는 일이 잦았다. 그녀가 실수를 할 때마다 데일은 답답한 마음에 잔소리를 했다.

그러던 어느 날, 데일은 조세핀에게 잔소리를 늘어놓다가 문득 이런 생각이 머리를 스쳤다.

'조세핀에게 실수 없이 일처리를 기대하는 것은 나의 욕심이며, 그녀에게 지금의 나와 같은 업무능력을 기대하는 것 또한 무리가 따르는 일일 것이다. 왜냐하면 나는 조세핀보다 인생 경험도 많고, 업무 또한 오랫동안 해온 일이기에 능숙한 것은 당연한 일일 것이다. 지금 생각해 보니, 솔직히 나는 조세핀의 나이 때 정말 많은 실수를 저지르지 않았는가? 그때의 나에 비해서 조세핀은 훨씬 잘하고 있지 않은가? 그러므로 나의 능력이 조세핀에 비해 결코 대단하다고 말할 수 없을 것이다.'

이러한 깨달음 이후, 데일은 조세핀에게 잔소리를 할 일이 생길 경우, 다음과 같이 말을 하기로 작정하고 그것을 실천했다.

"조세핀, 그 일은 그렇게 처리하는 게 아니란다. 하지만 그것은 내가 예전에 저지른 실수에 비하면 그렇게 대단한 실수는 아니야. 누구나 처음에는 일을 하면서 실수하는 것이 당연하지. 경험이 쌓이면 자연히 실수도 줄어들게 될 거야. 오히려 예전의 나에 비하면 조세핀은 실수가 없는 편이란다. 나 또한 예전에는 정말 많은 실수를 했단다."

데일이 자신의 단점을 먼저 밝히고 난 후에 조세핀의 실수를 지적하자 조세핀은 의기소침해 하지 않았으며 데일의 충고를 귀 기울여 듣고 실수하지 않으려고 스스로 조심했다.

데일은 자신의 과거 실수를 조세핀에게 밝힘으로써 조세핀의 자존감을 지켜주었으며, 조세핀이 쥐고 있는 신뢰의 끈을 놓치지 않게 하려고 노력했다.

독일 제국 마지막 황제 빌헬름 2세 때의 편 블로 수상 또한 이 방법을 이용하여 오만하고 독선적이라는 소문이 자자했던 황제의 마음을 돌리는데 성공하여 목숨이 위태로운 상황에서 벗어날 수 있었다.

빌헬름 2세는 독일 제국의 해군을 세계 최강의 군대로 육성한 장본인이기도 했지만 성격이 급하고 신하들에게 폭언을 일삼았으며 또한 방대한 군사력을 자신의 휘하에 거느리고 있다는 자만심으로 인해 멸망을 가져온 독일 제국의 마지막 황제였다.

그의 지휘 하에 있는 신하들은 항상 불안한 마음을 가슴에 안고 그를 보필해야만 했다.

그러던 어느 날, 신하들이 그토록 염려하던 일이 기어이 터지고 말았다. 영국을 방문 중이던 빌헬름 2세가 공개석상에서 망언을 했고, 그 내용이 모든 영국 언론에 보도되고, 대서특필되었던 것이다.

보도를 접한 영국의 정치가들과 재계의 인사들은 빌헬름 2세와의 만남을 일절 불허했으며, 국민들의 항의가 영국 전역에서 거세게 일어났다. 빌헬름 2세의 수행원들은 물론 본국의 정치가들도 황제의 상대를 얕잡아 보는 안하무인격 태도에 당혹감을 감출 수 없었다.

영국 국민들을 분노케 했던 빌헬름 2세의 망언은 이렇다.

"나는 영국의 우호적인 우방국 황제로서 영국의 문제를 항상 깊은 관심을 가지고 지켜보고 있는 유일한 독일인이며, 일본을 비롯한 프랑스와 스페인 등의 위협에 대비하였고, 영국인들도 모두 알고 있는 바와 같이 천하무적 대 해군을 조직하여 그 누구도 감히 넘볼 수 없을 정도로 강하게 키워냈다. 영국이 평화를 유지할 수 있는 것은 모두 나의 우호적인 친영정책 때문이며, 프로이센과 프랑스의 보불전쟁 때 영국이 러시아의 공격을 받지 않은 것 또한 독일 황제인 내가 영국을 지켜준 덕분이다."

빌헬름 2세의 이러한 망언이 일파만파로 확산되자, 황제 자신도 당황했다. 빌헬름 2세는 자신에게 쏟아지는 비난을 피하기 위해 수상인 펀 블로에게 책임을 전가하려고 했다. 빌헬름 2세는 영국언론에 '독일 수상 펀 블로 공이 하라는 대로 말한 것이므로 모든 책임은 그에게 있다.'는 해명서를 발표하려고 했다.

펀 블로 수상은 황제가 이러한 기자회견을 연다는 정보를 접하고, 당황한 마음에 황제에게 곧바로 달려가서 말했다.

"황제 폐하, 소신에게 황제 폐하를 움직여 그와 같은 엄청난 말을 하게 할 수 있는 힘이 있다고 믿을 사람은 아무도 없을 것입니다. 소신이 비난을 받는 것은 괜찮으나 혹여 폐하께서 겁쟁이 황제라는 오명을 듣게 될까봐 심히 염려스럽습니다."

펀 블로 수상의 말을 듣고 황제는 크게 화를 내며 말했다.

"펀 블로 수상은 도대체 어느 나라의 신하란 말이오?"

빌헬름 2세가 격노한 이유는, 자신의 신하인 펀 블로 수상이 위기에 처한 황제를 보호할 생각보다는 스스로 위기에서 벗어날 생각에만 집착해서 영국 국민들을 분노하게 한 것에 대한 책임을 황제 자신이 져야한다고 생각한 것이다. 한 마디로 펀 블로 수상은 황제의 자존심을 건드렸던 것이다.

평소 진중한 성격으로 한 번도 황제의 심기를 불편하게 한 일이 없었던 수상 펀 블로는 '아차'하는 생각에 자신이 한 말을 후회했다. 그러나 일은 이미 벌어지고 난 후였다.

그는 자신의 목숨을 지키기 위한 방책을 강구해야 했다. 수상 펀 블로는 재빨리 말을 바꾸어 황제를 칭찬하기 시작했다.

자신은 현명한 황제 폐하와는 감히 비교도 할 수 없는 미천한 존재임을 지난 여러 가지 일들을 예로 들어가면서 증명하며 황제 앞에 엎드려 한없이 겸손한 태도를 취했다. 그러자 화를 누그러뜨린 황제는 오히려 펀 블로 수상을 칭찬하기 시작했다.

수상 펀 블로는 황제를 추켜세우고 자신의 단점을 밝힘으로써 위기를 모면한 것이다.

만일 펀 블로 수상이 계속해서 황제의 실수를 강조하며, 문제를 황제 자신이 풀어야 한다는 식으로 조언했다면 황제의 분노를 막을 수 없었을 것이다. 그러면 그의 목숨은 벽에 붙어있는 파리와 같은 상황에 처했을지도 모를 일이었다.

    사람은 대개 자신이 상대보다 우월하다는 생각이 들면, 자신도 모르게 오만하고 독선적인 태도로 상대를 가르치려고 하는 경향이 있다. 그러면 상대는 마음속으로 불쾌감을 느끼고 그의 의견을 잘 듣지 않으려고 한다.

    하지만 잔소리나 충고를 할 때 자신의 능력을 내세우지 않고 자신의 단점을 먼저 밝히는 겸허한 태도로 대하면, 상대방은 불쾌한 기분을 느끼지 않을 뿐만 아니라 진심으로 충고를 하는 상대를 신뢰하게 된다. 겸손한 언행은 신뢰의 끈을 유지하게 하는 비결이다.

'yes'를 이끌어 내는 대화의 기술 1

우리는 때로 친구, 선배, 직장 동료, 상사, 연인, 아내 등 가까운 사람들과의 사이에서 원활하게 소통이 이루어지지 않음으로 인해 상처를 받고 또 상처를 주는 일을 경험한다.

"저 사람과는 정말 말이 안 통해."

"남자 친구가 제 말을 듣지 않아요."

"부장님은 제 말이라면 왜 그렇게 믿지를 않으시는 거죠?"

"뭐라고요! 제 말이 어디가 틀렸다는 거예요."

이와 같이 속상해 하는 사람의 마음에는 어떤 욕구가 숨겨져 있는 것일까?

그것에 대한 이유는 매우 간단하다. 그 사람의 마음속에는 상대방이 자신의 의견이나 행위에 대해서 'yes'라고 호응해 주면 좋겠다는 마음이 있는 것이다. 그러나 'yes'라는 반응을 이끌어 내는 것은 절대 쉽게 해낼 수 있는 일이 아니다.

우리는 어린 시절부터 부모님이나 주위 사람들로부터 다른 사람보다 뛰어나야 한다는 말을 들으며 자랐다. 이러한 영향으로 경쟁 심리가 잠재적으로 자신의 의식 속에 내재되어 있으며, 이런 심리가 자신도 모르게 고착화되었으니 다른 사람의 의견에 'yes'라는 긍정적 반응을 보이는 것이 좀처럼 쉽지 않은 일이 되어 버린 것이다.

이와 같이 우리는 다른 사람의 의견에 'yes'라는 긍정적 반응을 보낼수록 좋은 인간관계를 형성할 수 있다는 사실을 어느 누구에게도 배운 일도 거의 없으며, 배운 일이 없기에 'yes'라는 긍정적 반응에 익숙하지 않다. 그래서 인간관계 중에 서로 갈등하는 상황이 나타나게 되고, 그래서 어렵고 힘든 인간관계가 형성되는 것은 어쩌면 당연한 현상이라고 할 수 있다.

우리 주변에서 자주 듣게 되는 말 중에는 이런 말이 있다.

"싸우면서 정이 들었어요."

이 말의 의미는 서로의 생각을 끝까지 밀고 당기는 과정에서 서로에 대한 신뢰가 형성되어 서로 믿을 수 있는 좋은 사이가 되었다는 말이다.

우리는 일상생활 중 여러 가지 이유로 다른 사람들과 의견 충돌을 일으키며 살고 있지만, 의견대립을 긍정적으로 생각하면 '지금보다 좀 더 가까워지는 과정'으로 해석할 수 있을 것이다.

"우리는 어떤 문제에 있어서 잠시 생각은 다를 수 있지만, 같은 목표를 향해 노력하는 한 팀이잖아요."

직장생활에서의 의견 충돌이란, 회사라는 조직 안에서 일을 하는 조직원의 공통적인 목적인 회사의 이익을 도모하기 위해 각자의 효과적인 생각을 모아 극대화된 성과를 이루기 위한 과정인 것이다.

의견이 충돌하는 과정 중에 있을 때의 사람의 욕구는, '상대가 나의 의견에 긍정해 주기'를 바라는 'yes' 욕구가 기본적인 감정이다. 하지만 한쪽 손바닥만으로는 소리를 낼 수 없다. 반드시 다른 한쪽 손바닥이 호응을 해야 손뼉이 쳐지는 것이다.

여기서 우리는 인간관계에서 신뢰의 끈을 잡을 수 있는 비밀 하나를 발견할 수 있다. 즉 상대방의 의견을 긍정적으로 생각해 볼 수 있다면, 상대방과 의견이 충돌할 때 상대방에게서 신뢰를 얻을 수 있는 비결은 아주 간단하게 도출해 낼 수 있다는 것이다. 그 비결은 대화 중간 중간에 고개를 끄덕이거나 상대의 의견이나 주장에 호응을 해주기만 하면 된다는 것이다.

이와는 반대로 상대가 나의 의견에 대하여 긍정적 반응을 이끌어내려면 어떻게 해야 할까?

그 역시 간단하다. 상대에게서 긍정적인 반응이 나올 수 있도록 대화를 이끌거나 분위기를 만들어 가면 되는 것이다.

그렇다면 긍정적 반응을 이끌어내기 위해서는 어떻게 행동해야 할까?

누군가와 대화를 할 때, 대화분위기를 우호적으로 이끌도록 노력해야 한다. 즉, 우리는 서로 상대의 생각이나 주장을 이해하지만 간혹 다른 점이 있다면, 지향하는 방법이 서로 조금 다르다는 것일 뿐이라는 점을 강조하는 것이다. 즉 '같은 방향을 바라보고 있다.'는 것과 '방법이 조금은 다를 수 있다.'는 것을 적절하게 활용할 수 있는 능력이다. 즉 상대방으로부터 "네, 맞아요.", "정말 그러네요."라고 맞장구를 칠 수 있도록 대화를 진행하는 것이 'yes'라는 긍정적 반응을 끌어내는 방법이다.

"그렇지만 그것이 그렇게 간단하게 해결될 문제인가?"라며 의문을 제시하는 사람도 있을 것이다.

간단히 해결될 문제가 아니라는 의문이 드는 것은 당연하다. 왜냐하면 인간관계의 문제는 변수도 많고 다양한 해법이 있을 수 있기 때문에 그렇게 생각할 수도 있는 것이다.

하지만 사람들이 간과하는 것이 있다. 그것은 대개의 사람들은 상대가 나의 의견에 'yes'라고 호응해 주기만을 바랄 뿐, 상대가 나를 신뢰할 수 있도록 하기까지의 과정에 대해서는 진지하게 생각해 보지 않는 경향이 있다는 것이다.

데일은 이 문제에 대해서 이러한 조언을 해주었다.

"누군가와 대화를 나눌 때, 상대와 생각이 다른 문제를 대화의 주제로 삼아서는 안 된다."

데일의 이 조언을 깊이 생각하기 바란다. 실제로 일상생활에서 이 조언을 무시해서 발생하는 문제는 너무나 많다.

친구나 동료들 사이에서 "저 사람들은 만나기만 하면 서로 으르렁거리며 싸워."란 소리를 듣는 사람들이 있다.

그런 소리를 자주 듣는 사람들이 갈등하는 원인을 유심히 살펴보면, 데일이 조언하는 대화의 원칙을 무시하고 있다는 것을 발견할 수 있다.

"너와 난 이게 달라!"

서로 자기가 생각하는 것이 옳다고 주장하며 한 발도 물러서지 않으려고 한다.

"야, 정말 내 말을 그렇게 못 믿겠니? 한 번만이라도 좋게 생각해 볼 순 없어!"

상대의 의견에 긍정하지 못하면서, 상대가 자신의 주장에 동조해 주기를 바란다.

하지만 마음과는 달리, 그들이 서로의 주장에 동조하는 일은 좀처럼 일어나지 않는다. 왜냐하면 사람은 일단 "아냐, 네 말은 틀려!"라고 부정해 버리면, 자신이 한 말을 고수하려고 하는 자존심이 형성되어 그것을 점점 더 강화해 나가려고 하는 속성이 있기 때문이다.

이러한 사람의 심리는 "아냐, 네 말은 틀려!"라고 말해 버리고 난 후에는 설사 자신의 말이 틀렸다는 것을 알았다고 할지라도 곧바로 "미안해. 내 생각이 틀린 것 같아."라고 번복하기는 힘들다는 것이다. 때문에 '거짓말이 또 다른 거짓말을 낳는다.' 격언이 생긴 것이다.

이렇게 영원히 만날 수 없는 두 갈래 철로처럼 자신의 주장만을 고집스럽게 내세우며 끊임없이 도착점도 없는 불안한 길을 달려가는 것이다. 때문에 이러한 상태의 두 사람이 진정한 친구나 동료가 되어서 서로 신뢰하는 사이가 되기란 정말 쉽지 않은 일이다. 왜냐하면 그들은 서로를 향한 신뢰의 끈을 놓아버렸기 때문이다.

한 가정의 부부간에도 서로의 단점만을 지적하여 갈등을 빚고 있는 경우를 자주 볼 수 있다. 두 사람이 처음 만나 사랑을 할 때, 그렇게 멋지고 아름답게 보이던 그들의 그 많은 장점들은 모두 어디로 사라진 것일까?

인간관계를 더욱 돈독하게 하기 위해서는 서로 다른 생각을 갖고 있는 것을 대화의 서두에서부터 소재로 삼아서는 절대로 안 된다. 서로의 차이점에 대한 이야기는 서로의 마음과 의견이 일치되고 서로의 본심을 이해하게 되었을 때, 가볍게 웃으면서 하는 것이다. 서로에 대한 신뢰의 끈이 굳건하게 이어져 있을 때는, 지난 갈등의 시기도 아름다운 기억으로 남아 있기 때문에 서로 마주 바라보며 웃으면서 이야기 할 수 있게 되는 것이다.

그렇다면 상대방에게서 'yes'의 긍정적 반응을 이끌어 내기 위해서는 어떤 화제를 대화의 서두로 삼는 것이 좋을까?

상대방과 자신의 공통점 또는 공동의 관심사를 대화의 화두로 삼아 서로의 이야기 실마리를 가볍게 풀어나가는 것이다.

어떤 화제를 대화의 주제로 삼을지, 상대방과 자신의 공통점은 무엇인지, 서로의 공동 관심사는 무엇인지를 미리 준비하고 있는 상태라면 서로의 의견이 다르다고 할지라도 크게 걱정할 필요는 없다.

사도 요한은 '완벽한 사랑은 모든 두려움을 극복한다.'고 하였다. 사도 요한이 말한 '완벽한 사랑'이라는 의미를 바꾸어 보면, '상대에 대한 세심한 관심'이라고 풀이할 수 있을 것이다.

상대에 대해 관심을 갖는다는 것은, 상대에 대한 배려의 마음에서 출발하며 '신뢰의 끈을 형성하기 위한 시작점'이라고 할 수 있다. 예를 들면 '그 사람과 나의 공통점은 무엇이지?', '그는 요즘 무엇에 관심을 갖고 있지?', '그의 취미는?', '그가 좋아하는 연예인은?' 등등.

특히 같은 취미를 갖고 있거나 같은 물건을 소장하고 있는 경우에는 더욱 수월하게 서로에 대한 관심을 증폭시킬 수 있는 계기가 될 수 있으므로 서로의 마음을 이어주는 신뢰의 끈을 잡을 기회가 된다.

매일매일 싸우고 다투는 친구사이라도 함께 어울려 놀 때는 서로가 공통적으로 좋아하는 게임을 하며 어울려 논다는 사실을 기억할 필요가 있다.

"와우, 사용하고 있는 노트북이 내가 사용하는 것과 같은 제품이네요. 사용해 보니 어떤 점이 좋은 거 같아요?"

"지금 타고 계신 차는 언제 구입하신 겁니까? 제가 그 차 마니아거든요. 마니아 동호회에도 가입해서 활동하고 있죠."

이처럼 서로의 공통점을 가지고 대화를 시작하고, 상대에 대한 사전 준비를 갖추고 대화를 전개해 나가다 보면, 어느 사이에 상대방에 대한 경계심은 옅어지고 서로의 차이점이나 차별성은 공통점에 그리고 서로의 관심사에 흡수되어 그렇게 큰 문제로 생각되지 않게 된다.

반면, 상대에 대한 준비가 전혀 없이 대화를 하다보면, 말문이 자주 막히고 결국 실수로 이어지는 경우가 많다. 그러므로 대화의 상대를 만나기 전에 상대방에 대한 정보와 자신이 하고 싶은 이야기를 준비하는 것은 정말 중요한 일이다.

대화소재가 사전에 충분히 준비되어 있으면, 상대와의 대화의 자리가 의미 있고 보람된 시간이었다는 생각을 하게 되고, 그럼으로써 서로의 만남이 부담감을 주는 자리에서 즐거움의 자리로 변하게 되는 것이다. 따라서 사람을 만날 때 가장 중요한 것은, 대화의 시작에서부터 상대방으로부터 'yes'라는 긍정을 얻어내는 대화법을 익히는 것이 상대방에 좋은 인상을 심어주는 기본이며 또한 사전의 세심한 대화준비는 상대에 대한 관심이자 배려로서, 신뢰의 끈을 굳건하게 만들 비결이라고 할 수 있다.

　　'자신에 대해 관심이 있는 당신을, 상대방 또한 신뢰감을 갖게 된다는 것을 명심하라.

6

'yes'를 이끌어 내는
대화의 기술 2

'yes'라는 긍정 반응을 가장 잘 이끌어 내는 사람은 누구일까?

우선 교회의 목사님을 꼽을 수 있다. 목회자들의 설교화법의
비밀은 교인들에게서 지속적으로 'yes'(아멘)를 연발할 수 있도록 만
드는데 있다. 그런 화법을 통해 목회자는 전체 교인들의 신뢰를 얻
어내는 것에 탁월한 능력을 갖기 위해 수련된 사람들이다.

"주님의 역사하심을 믿습니까?"

"아멘!"

"주께서 여러분과 항상 함께하심을 믿습니까?"

"아멘!"

목회자는 설교를 하면서 끊임없이 자신의 메시지를 교인들이

잘 받아들이고 있는지를 되묻고 질문하며 확인을 한다. 감히 목회자의 질문에 '아니오. 믿지 못하겠는데요.'하는 신도는 아마도 없을 것이다. 왜냐하면 목회자는 신도들이 'yes'라고 대답할 수밖에 없는 질문을 하기 때문이다. 이것이 목회자들의 설교 비법이다.

'yes'의 긍정 반응을 잘 이끌어 내는 사람으로 또 누가 있을까?

TV 또는 문화센터 등에서 강연을 하는 강사나 기업의 전문 프리젠터를 꼽을 수 있다. 그들은 우선 두 가지 법칙으로 청중들의 긍정 반응을 유도해 낸다.

첫째는 유머이다. 그들은 첫 인상부터 강의가 매우 유쾌하고 재미있을 것 같다는 생각이 들 정도의 유머를 구사하여 청중들의 긴장을 풀어준다. 그래서 청중들이 강사의 이야기에 더욱 주의를 집중하게 되고, 청중의 마음을 사로잡음으로써 강사는 청중들을 자신의 지지자로 만든다.

두 번째로는 질문화법을 사용한다. "그렇지 않습니까?", "과연 그럴까요?"하면서 청중들의 마음을 움켜쥐었다가 폈다가 하면서 사로잡는 것이다.

기업의 프리젠터 또한 가장 먼저 청중들의 주의를 집중해 내기 위해 콘셉트가 되는 핵심 화두를 질문으로 던진다. 타이어를 제조하는 업체를 위한 프리젠터의 강의 내용을 들어보자.

"왜? 고객들이 이 회사의 타이어를 사용하면 안전하다고 안심을 하게 되는 것이죠?"

이러한 제시 화법은 청중들로 하여금 '정말, 우리는 왜 이 회사의 타이어를 안전하다고 생각하지?' 하며 생각하게 하고, 그런 생각은 프리젠터의 설명에 대하여 긍정할 수 있는 마음의 준비를 하게 된다.

청중들이 긍정할 준비가 되면, 프리젠터는 회사가 제시하는 결론적인 말을 하게 된다. "따라서 타이어는 이제 안전을 넘어 감각이 되어야 합니다. 누구나 타이어의 마찰력을 통해 자동차의 느낌을 전달받게 되니까요."

이런 프리젠테이션의 과정을 통해, 사람들은 마음속으로 '맞아! 이 회사의 타이어는 안전은 이미 보장할 수 있으니, 부드러운 느낌을 주기 위해서 기술력을 향상시킨 것이로구나.'하고 긍정을 하게 되는 것이다.

인류 역사상 가장 위대한 철학자인 소크라테스는 모든 사물을 일단 부정적으로 바라보던 인간의 사고방식을 송두리째 바꾸어 놓은 인물이다.

소크라테스는 단 한 번도 상대방이 틀렸다고 말하지 않았으며, 다른 의견을 제시하는 사람들이 자신의 생각에 동의하지 않을 수밖에 없는 질문을 정확히 구사할 줄 알았고, 논리적으로 하나씩 하나씩 상대방의 동의를 구해나가는 방식으로 논쟁을 했다.

소크라테스는 대화를 하는 자세에 대하여 제자들에게 다음과 같이 말했다.

"대화를 하는 상대를 편하게 해주어라. 말하는 사람이 부담 없이 자유롭게 자신의 의사를 표현할 수 있도록 부드러운 표정으로 상대의 의견을 경청하고 있음을 보여주어야 한다. 또한 상대방의 말을 명확하게 이해를 할 수 있어야 대화가 물 흐르듯이 순조롭게 이루어지는 것이므로 잘 이해가 되지 않는 것에 대해서는 질문을 해서 반드시 이해를 하고 넘어가도록 해야 한다. 대화 중에 적절한 질문을 한다는 것은, 말하는 사람의 이야기를 잘 듣고 있다는 것을 상대가 인식하게 하는 행위로써 자신의 말에 관심을 갖는 사람에 대하여 신뢰하는 마음이 자연스레 생기는 것이다."

소크라테스는 상대방의 잘못을 지적하지 않고 문답법을 통해 상대로부터 신뢰를 받아내어 자신이 바라고자하는 소기의 목적을 달성한 인물이다.

그 유명한 '소크라테스 문답법'의 원리는 매우 간단하다. 그것은 상대로부터 'yes'라는 대답을 이끌어내는 질문을 던지는 것이다.

소크라테스의 문답법의 전개 과정은 상대방이 'yes'라고 말하지 않을 수 없는 질문을 하고, 다음 질문 역시 'yes'의 대답을 이끌어내는 질문을 한다. 이렇게 되풀이하는 과정에서 상대방은 자신이 최초에 부정했던 문제에 대해서도 'yes'라는 대답을 하게 되는 것이다.

뉴욕의 한 은행에서 근무하고 있는 제임스 에버슨의 일화를 들어보면, 소크라테스식 문답법을 쉽게 이해할 수 있을 것이다.

어느 날 한 손님이 예금 계좌를 개설하기 위해 에버슨이 근무하고 있는 은행 창구를 찾아왔다.

에버슨은 평소 고객을 대하던 것처럼 고객에게 계좌개설에 필요한 사항을 질문한 후에 사무용지에 그것을 기록했다. 그런데 고객은 대부분의 질문에는 순순히 대답을 했지만, 어떤 질문에는 굳게 입을 다물고 질문에 응답하지 않으려고 했다.

에버슨은 질문에 응답을 하지 않으면 예금 계좌 개설을 해드릴 수 없다고 말하고 싶었으나 그렇게 하지 않았다.

하지만 예전의 에버슨은 이런 일이 생기면, 은행의 규범을 방패 삼아 상대를 몰아세웠다. 그러나 어느 순간 에버슨은, 자신의 이러한 행동은 상대방보다 우위에 있음을 나타내는 것으로써 일순간 우월한 감정을 느끼기도 했으나 자신의 그러한 태도는 은행을 찾아온 고객에게 큰 실망감을 안겨줄 수 있으며 또한 고객의 신뢰를 잃을 수 있다는 사실을 깨달았다.

그 후, 에버슨은 상대방의 입장에서 상황을 바라보자는 생각을 하게 되었으며, 그럼으로써 상대를 설득할 수 있는 좋은 방법을 찾아낼 수 있었다. 그리고 실제로 자신이 찾아낸 그 방법을 은행 창구를 찾은 고객들에게 사용해 본 결과, 긍정적 효과가 있다는 사실을 깨달았고, 이번에도 그 방법을 사용해 보기로 했다.

에버슨은 상대가 'yes'라고 말하게끔 질문을 던졌다. 그리고 손님에게 마음에 들지 않는 질문에 대해서는 굳이 말하지 않아도 된다는 말을 덧붙였다. 그가 던진 질문 내용은 다음과 같다.

"조금 전에 제가 말씀드린 바와 같이 고객께서 대답을 하지 않으셔도 되지만 만일 고객께서 예금을 맡기신 후에, 예상치 못했던 사고가 생기게 된다면 어떻게 하시겠습니까? 그러면 법적으로 고객과 가장 가까운 사람이 예금을 되찾을 수 있도록 해야 하지 않겠습니까?"

그러자 고객은 'yes'라고 대답했다.

"은행은 그럴 경우를 대비해서 고객과 가장 가까운 분의 인적사항을 알아두려고 하는 겁니다. 좋은 방법이라고 생각하지 않으십니까?"

이번에도 고객은 'yes'라고 대답했다.

에버슨은 상대방이 'yes'라고밖에 말할 수 없는 질문을 반복적으로 던지면서 자신 앞에 놓여 있는 사무용지에 고객과의 문답 사항을 기록했다. 그리고 고객에게는 이렇게 말했다.

"고객님, 제가 사무용지에 기록을 남기는 것은 은행을 위한 것이 아니라 고객님이 맡기신 예금을 안전하게 지키기 위한 과정입니다."

에버슨은 그렇게 고객이 꺼려하던 대답을 모두 받아냈으며, 고객은 만족한다는 표정을 지으며 웃으면서 예금 계좌를 개설했다.

에버슨이 소크라테스의 문답법에 대한 지식을 알고 그것을 활용한 것인지, 아니면 사전에 전혀 모르면서 스스로 생각해낸 방법인지는 모르겠지만, 어쨌든 에버슨은 소크라테스 문답법을 자신의 업무에 활용한 것이다.

에버슨이 활용한 소크라테스의 문답법이 상대를 설득하는데 효과적인 것은 고객이 처음에 긍정적인 대답을 하느냐, 부정적인 대답을 하느냐에 따라 마음을 열 것인지 아닌지가 결정되기 때문이다.

상대가 일단 'yes' 또는 'no'라고 말한 상태에서 그것을 번복하는 것은, 자존심이 허락하지 않는 일이다. 사람들은 대개 'yes'라고 말해버리고 나면, 후회할지언정 자신이 한 말을 고수하려고 하는 습성을 보인다. 'no'라고 한 경우도 마찬가지이다.

'yes'라는 대답은 긍정한다는 것을 뜻이고, 긍정은 신뢰와 바로 연결된다. 그러므로 소크라테스의 문답법은 신뢰를 얻기 위한 질문법이라고 할 수 있다. 때문에 처음부터 'yes'라고 말을 할 수 있게끔 이야기의 방향을 설정하는 것은 신뢰의 끈을 놓치지 않는 비결이다.

7

진정 말을 잘하는 사람

사람들은 대개 상황과 분위기에 맞추어 능수능란하게 말을 하는 사람을 가리켜 '말을 잘하는 사람'이라고 생각한다. 하지만 진정으로 말을 잘하는 사람은 '듣기를 잘하는 사람'이라고 할 수 있다. 그러므로 사람들에게 진정으로 '말을 잘하는 사람'의 올바른 평가는 다른 사람의 말을 잘 들어주는 경청 능력까지를 포함해야 하는 것이다.

사람은 대개 다른 사람의 이야기를 듣고 있는 것보다 자신의 이야기를 다른 사람에게 들려주는 것을 더 좋아한다. 이와 같이 자신의 이야기를 다른 사람에게 들려주고 싶어 하는 욕구는 인간의 본능이라고 할 수 있다.

말하고 싶은 자신의 욕구를 억누르고 다른 사람의 이야기에 귀를 기울여 듣는 일은, 생각처럼 쉬운 일이 아니다. 그러므로 누군가를 설득하기 위해서는 열심히 떠드는 것보다 상대방의 말에 귀를 기울이는 것이 신뢰의 끈을 잡는데 효과적인 기술임을 알아야 한다.

데일은 한 출판업자가 주최한 만찬 자리에 참석한 일이 있었다. 데일은 그곳에서 유명한 한 식물학자를 만났는데, 그에게서 지금까지 한 번도 들어본 적이 없는 재미있는 식물이야기에 완전히 빠져들고 말았다.

마침 그 무렵 데일은 집안에 작은 정원을 꾸며놓고 몇 가지 식물을 가꾸고 있었는데, 우연히 마주하게 된 식물학자와의 만남을 좋은 기회라고 생각했다. 그래서 데일은 그 동안 정원을 가꾸며 궁금했던 질문들을 그 식물학자에게 사뭇 진지한 표정으로 물어보았다.

데일의 질문에 식물학자는 식물에 관하여 전혀 지식이 없는 사람이라도 쉽게 이해할 수 있도록 가급적 전문적인 용어 사용을 자제하며 적절한 해설과 더불어 친절하게 대답을 해주었다.

데일은 식물학자와의 이야기에 시간 가는 것을 모를 정도로 빠져 들었고, 정말 유익한 시간을 보내고 있다는 생각이 들 정도의 즐거운 대화를 식물학자와 나눴다.

어느덧 밤이 깊어 만찬회가 끝이 났다. 데일은 식물학자에게 매우 유익하고 즐거운 시간이었다는 말과 함께 그의 박학다식함에 대하여 찬사를 보냈다.

그러자 식물학자는 웃으면서 데일을 바라보며 말했다.

"데일 씨는 듣던 대로 정말 이야기꾼이군요."

데일은 식물학자의 말에 고개를 갸우뚱하며 생각했다.

'나는 거의 말을 하지 않았는데, 내가 이야기꾼이라니?'

데일은 다른 화제의 대화자리였다면 모르겠지만, 자신은 식물에 관해서는 아는 것이 거의 없었기 때문에 말을 많이 할 수 없었던 입장이었는데도 식물학자는 데일을 가리켜 진정한 이야기꾼이라고 했던 것이다.

잠시 후, 데일은 그 식물학자가 자신을 이야기꾼이라고 한 것을 이해할 수 있었다. 자신을 이야기꾼이라고 칭찬을 한 이유는, 자신의 이야기를 관심을 갖고 진지한 표정으로 귀를 기울여 들어주고, 적절한 질문을 한 것에 대한 찬사였던 것이다.

이 경험으로 인해 데일은 대화에서 상대방의 말을 잘 들어주는 경청이 얼마나 중요한 것인지를 깨달을 수 있었다.

하버드 대학의 총장을 역임했던 찰스 엘리어트는 이렇게 말했다.

"학생과의 상담에서 상호간 만족하기 위한 특별한 비결은 없다. 다만, 상대의 이야기에 귀를 기울이는 것이 가장 중요하다. 어떤 달콤한 말도, 상대의 말을 잘 들어주는 것만큼 상담 효과를 낼 수 없다.”

데일은 수강생들에게 엘리어트 교수의 이 말에 대한 적당한 사례가 있다고 말하며, 세계적인 모직물회사 데마드의 창립자인 데마드 씨의 사례를 들려주었다.

세계적인 모직물회사인 데마드가 창립이 된 후 얼마 지나지 않았을 무렵이었다.

어느 날 한 고객이 사장실로 뛰어들어 소란을 피우는 일이 일어났다. 그 고객은 데마드 사의 모직물을 납품받아 소매점에 판매하는 중간상인이었는데, 데마드 본사 측으로부터 채무가 남아 있다는 독촉장을 받고 화가 나서 한 달음에 데마드 사의 사장을 찾아왔던 것이다.

그는 데마드 사의 사무실에 들어서자마자 자신에게 채무가 남아 있을 리가 없다며 큰소리로 항변했다. 그러나 장부를 앞에 놓고 확인한 결과, 그에게 150달러의 채무가 남아 있는 것이 확인되었다. 그런데도 그는 회사의 장부를 믿을 수 없다며 다시는 데마드와 거래를 하지 않겠다며 다짜고짜 화를 퍼부어 댔다.

이 모습을 사무실 안쪽, 사장 자리에서 지켜보고 있던 데마드 사의 사장인 줄리앙 F. 데마드는 그에게 사실여부를 조목조목 따지며 이해시키고 싶었으나 그러한 방법이 최선의 방법이 아니라고 판단한 후, 자리에서 일어나 중간상인에게 다가갔다.

데마드 사장은 중간상인에게 공손한 자세로 앉을 자리를 권하고 차를 마시면서 그의 이야기를 끝까지 들어주었다. 한참 동안 열변을 토한 중간상인은 얼마 후에 흥분한 마음을 가라앉혔고, 앞에 앉아 있는 데마드 사장을 바라보았다.

데마드 사장은 그 기회를 놓치지 않고 고객에게 걱정을 끼치게 해서 미안하다는 말과 함께 회사를 찾아준 것에 대해 고맙다는 인사를 전했다. 그리고 회사 쪽의 착오로 문제가 발생한 것 같으니 150달러의 채무는 없던 일로 하겠다고 제안한 후, 함께 점심식사를 하자고 말했다.

데마드 사에 자신의 화를 풀기 위해 찾아온 중간상인은 데마드 사장의 예상 밖의 태도에 놀라움을 감추지 못했다.

중간상인은 집으로 돌아와 다시 청구서를 꼼꼼히 확인해 보고 나서야 자신의 계산 착오 사실을 알게 되었으며, 즉시 그는 데마드 사장 앞으로 사과의 편지를 보냈다. 물론 150달러도 동봉했다.

이 일이 있은 이후, 중간상인은 줄리앙 F. 데마드 사장이 죽을 때까지 30여 년을 절친한 벗이자 믿을 수 있는 거래처로써 서로 신뢰하는 사이로 지냈다.

데일은 신뢰의 끈을 결코 놓지 않으려는 줄리앙 F. 데마드의 품위 있는 자세를 수강생들에게 생각하는 시간을 갖기를 권했다.

데마드 사장의 상대방의 말을 끝까지 잘 들어주는 경청의 자세와 지위고하를 막론하고 상대방을 존중하는 태도는, 자칫 갈등으로 신뢰의 끈을 놓아버릴 수 있는 상황을 신뢰의 끈을 더욱 단단하게 엮을 기회로 바꾸어 낼 수 있었다.

8

진실한 마음이
신뢰를 얻는다

닭은 달걀을, 소는 우유를 사람들에게 제공하지만 사람에게 특히 많은 사랑을 받고 있는 개는 엄밀하게 따진다면 사람의 일상생활에 별로 도움이 되지 않는다. 한편으로 생각해보면 개는 무위도식하는 동물이라는 생각이 들 때가 있다. 그럼에도 많은 사람들이 개를 어느 동물보다 아끼고 사랑하는 이유는 왜일까?

개는 사람의 관심을 끌려고 하기보다는 오로지 순수한 애정을 아낌없이 표현한다. 이렇듯 개는 그 어떤 계산도 하지 않고 순수하게 자신의 애정을 바친다. 주인의 모습이 보이면 반갑다고 꼬리를 흔들고, 어루만져주면 좋아서 어쩔 줄 모른다. 사람 또한 개가 변함없는 애정을 자신에게 보낼 것이라는 것을 믿어 의심치 않는다. 엄밀히 따진다면, 사람과 개의 관계는 서로를 매우 신뢰하는 관계라고 할 수 있다.

개의 애정 표현 방법은 많은 인간관계를 맺으며 세상을 살아가야 하는 사람들에게 큰 지침을 준다.

어떤 계산도 하지 않는 순수한 마음으로 상대를 대하면, 상대방 또한 그 순수한 마음을 언젠가는 알게 되고 그럼으로써 상대의 마음을 움직여 신뢰의 끈이 이어지고 좋은 인간관계가 형성되기 때문이다.

다시 말해서 남의 관심을 사기 위해 속이 빤히 드러나 보이는 속셈 있는 관심이나 얼마 못가서 실체가 드러나는 얕은 수를 쓰는 행위보다는, 순수하게 다가서서 자신의 진솔한 모습을 보이는 것이 자신을 신뢰하는 진정한 지지자를 얻을 수 있는 비결인 것이다.

시어도어 루스벨트 대통령은 허드레 일을 하는 고용인들까지도 그를 진심으로 존중하고 따를 만큼 절대적인 인기의 소유자였다.

루스벨트 대통령 재임 시, 담당 요리사였던 H. 제임스가 집필한 《요리사의 눈으로 바라본 루스벨트 대통령》이란 책을 보면, 루스벨트의 인기 비결이 상세하게 기록되어 있다. 책의 내용 일부분을 소개한다.

『가을 어느 날, 아내는 눈에는 보이지는 않지만 울창한 숲속 나무 위에서 "짹짹"거리며 노래하고 있는 새소리를 대문 옆에 있는 벤치에 앉아 듣고 있었다. 그때 마침, 관리인 관사 앞을 지나던 루스벨트 대통령이 나의 아내를 발견했다.

루스벨트 대통령은 미소를 띤 표정으로 나의 아내를 바라보며 말했다.

"안녕하세요. 부인, 제임스 요리사의 가족들은 딱따구리가 즐겁게 노래하는 곳에서 살고 있군요."

루스벨트 대통령의 말에 아내는 나무 위에서 노래하고 있는 새가 딱따구리라는 것을 알게 되었다. 그래서 아내는 대통령에게 딱따구리가 어떻게 생긴 새냐고 물어보았다. 루스벨트 대통령은 딱따구리의 생김새를 말로 설명하기가 곤란했는지 이렇게 말했다.

"지금 이 자리에서 딱따구리의 생김새를 설명하기에는 내 능력이 부족하니 어떻게 해야 하나? 맞아, 우리 딸이 그림을 잘 그리니 그 아이한테 딱따구리를 그려달라고 하면 되겠군. 부인, 우리 딸이 이곳에 오면 부탁을 한번 해 보겠습니다."

그리고 얼마 후, 우리 집으로 전화가 걸려왔다. 전화를 한 사람은 다름 아닌 루스벨트 대통령이었다. 아내가 전화를 받자, 루스벨트 대통령은 아내에게 지금 창밖에 딱따구리 한 마리가 와 있으니 빨리 밖으로 나와 대문 옆 작은 나무 위를 보라고 일러주었다. 나의 아내가 딱따구리의 생김새를 볼 수 있게끔 대통령이 전화를 한 것이었다.』

지위고하를 막론하고 루스벨트 대통령은 모든 사람들을 진솔하게 한결같은 마음으로 대했다. 이외에도 그의 일화는 많이 전해진다.

퇴임 후 루스벨트는 백악관을 방문했다. 그는 현 대통령의 집무실을 방문하기 전에 청소원 숙소, 식당 등 백악관의 고용인들을 먼저 찾았다. 그는 자신의 재임시절 함께 일하던 고용인들의 이름을 한 사람도 빠짐없이 기억하고 있었다. 그리고 그들의 이름을 친근하게 부르며 빠짐없이 그들의 안부를 물었다.

백악관의 고용인들 모두는 루스벨트와 함께한 시간을 영원히 잊지 못할 행복한 때였다고 회상한다.

내가 먼저 진심에서 우러나오는 관심을 보이면, 상대방은 반드시 그에 상응하는 호의를 보인다. 반면에 상대방에게 무엇인가를 바라거나 손익을 따지면서 대하면 상대 또한 진심으로 나를 대하지 않는다.

데일은 해마다 새로운 달력을 구입하면 처음으로 하는 일이 자신이 알고 있는 지인들의 생일을 달력에 기록하는 일이었다. 그리고 누군가의 생일이 다가오면 반드시 축하 편지를 보냈다. 큰 비용이 들지 않는 일이었지만, 데일의 지인들은 그 어떤 값비싼 선물보다 그의 편지를 기다렸고 편지를 받고서야 비로소 생일을 맞이한 기쁨을 만끽할 수 있었다.

데일에게 직접 축하한다는 말을 듣지 않아도, 데일이 자신에게 전하고자 하는 의미를 그들은 오랜 경험으로 알고 있었던 것이다. 데일은 죽는 날까지 이 일을 한 번도 어김없이 지속했다. 사람들에게 자신을 믿을 수 있는 사람이라는 신뢰감으로 변치 않을 지지자로 만들려면, 성의 있고 진솔한 태도가 언제까지나 지속되어야 한다.

감언이설로 상대방에게 잠시 호감을 줄 수는 있겠지만, 또는 입으로는 무엇이든 가능하다고 말할 수 있겠지만, 막상 자신이 감당할 수 없는 일이 닥칠 때 그들은 자신이 가능하다고 말한 그 일을 대개 외면할 것이다. 이것이 진실하지 못한 사람들의 특징이다. 그래서 진실하지 못한 사람과의 관계에서는 갈등과 불화가 끊이질 않는 것이다.

진실한 마음은 영원히 빛이 바래지 않고 상대에게 깊은 인상을 남기며 신뢰하게 된다.

링컨, 루스벨트 등의 인물들이 지금까지 수많은 사람들의 존경과 사랑을 받는 것은, 그들은 자신의 생이 다할 때까지 진실이라는 신뢰의 끈을 놓지 않았기 때문이다.

Everything that has lost trust is lost

_____

_____

3장

한 방울의
꿀이
더 많은
파리를
잡을 수
있다

1
극적인 방법으로
신뢰감을 높여라

신뢰를 얻는 비결 중 극적이며 드라마틱한 감동을 상대에게 보여줌으로써 자신이 원하는 신뢰를 얻는 비결이 있다. 이 방법은 우리가 드라마를 보는 이유를 생각해보면 그 의미를 쉽게 이해할 수 있을 것이다.

드라마는 현실이 아닌 시나리오에 의한 가상의 세계임에도 그것을 보는 사람들은 자신도 한 번 해보고 싶고, 이루고 싶다는 생각을 한다. 즉 대리 만족을 제공하는 것이다.

특히 드라마나 영화 등에서 극적인 반전이나 예상치 못한 사고 혹은 감동적인 상황 등 극적인 기법을 연출하는 것은, 그것을 보는 사람들로 하여금 공감하는 감정을 불러일으키도록 하는 기법이기 때문이다. 연출가는 그러한 극적인 기법을 활용하여 사람의 감정을 긴장감으로 몰아넣기도 하고, 희망과 웃음을 주기도 하며, 마음 저미는 아픔을 경험하게 하기도 한다. 이러한 극적인 효과를 기대할 수 있는 방법을 우리들 또한 일상생활에서 활용할 수 있다.

데일은 극적인 방법으로 신뢰를 얻은 전자계산기 회사의 세일 즈맨 이야기를 사례로 들어 소개했다.

전자계산기 회사의 세일즈맨으로 활동하는 브라운은 항상 고객을 방문하기에 앞서 이런 생각을 한다.

'어떻게 하면 고객들이 지금 사용하고 있는 낡은 계산기를 우리 회사의 신제품으로 바꾸어 사용하게 할 수 있을까?'

브라운이 이러한 고민을 하게 된 이유는, 브라운이 방문하는 고객의 대부분은 말도 건네기 전에 손 사례를 치거나 바쁘다고 하며 그의 방문을 거절하기 일쑤였다.

"사장님, 정말 성능 좋은 신형 계산기가 출시되었는데 이제 그만 교체하시죠?"

브라운이 고객에게 말을 건네면 고객들은 대개 이렇게 말한다.

"지금 사용하고 있는 계산기도 아직 쓸 만해요."

"다음에 바꿀게요."

"요즘 너무 불황이라 주머니 사정이 말이 아니오."

"장사가 안돼서 정말 힘들어요. 우리 가게 어디에 좀 매매해 주시오."

고객들의 거절 이유는 천차만별이다. 그래서 브라운은 어떻게 하면 고객들에게 신제품의 장점을 알리고 자신이 판매하는 신형 계산기를 선택하게 할 수 있을까를 고민한 끝에 한 가지 방법이 떠올랐다.

다음 날 브라운은 자주 방문하는 상점 골목을 찾아갔다. 그는 골목 안 상인들과 눈이 마주칠 때마다, 고개 숙여 인사를 했다. 그러다가 손을 흔들어 주는 상점 주인이나 조금이라도 자신에게 호의적인 반응을 보내는 상인이 있으면 그에게 달려가서 신제품의 좋은 기능에 대하여 설명했지만 오늘도 한 대의 계산기도 판매하지 못했다. 그래서 브라운은 자신이 생각한 영업 방식을 시도해 보기로 굳은 결심을 했다.

브라운은 한 정육점 앞에 서서 처음 시도하는 영업 방식에 마구 뛰는 가슴을 진정시키기 위해 크게 심호흡을 했다. 그리고 다리에 불끈 힘을 주고는 씩씩하게 정육점 안으로 들어갔다.
"사장님, 안녕하세요?"

정육점 주인은 평소처럼 브라운을 보는 둥 마는 둥 하며 겸연쩍은 표정으로 고기를 써는데 열중했다. 정육점 주인이 고기 써는 일에 집중하는 사이 브라운은 바지주머니에서 한 움큼의 동전을 꺼내 들었다. 그리고 그 동전들을 정육점 바닥에 그대로 내동댕이 쳐버렸다. 순식간에 정육점 바닥은 동전들이 사방으로 요란하게 튀어 다녔다. 깜짝 놀란 정육점 주인은 고기를 썰다말고 어리둥절한 표정으로 브라운을 쳐다보며 말했다.

"아니, 자네 이게 무슨 짓인가? 깜짝 놀라서 간 떨어지는 줄 알았네!"

브라운 또한 정육점 주인의 휘둥그레진 눈을 바라보며 말을 했다.

"사장님, 사장님께서는 손님이 다녀갈 때마다 돈을 버리고 있다는 사실을 아십니까?"

정육점 사장은 무슨 소리를 하느냐는 듯, 이해할 수 없다는 표정으로 브라운을 바라보며 물었다.

"그게 무슨 말인가? 내가 돈을 버리고 있다니…?"

"저울에 고기의 무게를 달고, 오늘의 고기 단가를 곱하는 데 사장님이 현재 사용하고 있는 낡은 계산기는 버튼이 낡고 마모되어 있기 때문에 잦은 오류를 낼 것입니다."

"……"

"제가 사장님께 드리고 싶은 말은, 사장님도 모르는 사이에 계산착오로 인하여 손해를 보실 확률이 높다 이 말입니다."

세일즈맨의 말을 듣고 있던 정육점 주인은 고개를 끄덕이며 말했다.

"자네의 말에도 일리가 있군, 그렇잖아도 계산이 잘못되어서 손님과 언쟁을 벌인 적이 한 두 번이 아니었다네. 그나저나 자네, 젊은 사람이 정말 찰거머리처럼 질기구먼. 좋아! 가장 최신 고급형으로 구입하겠네."

프러포즈(propose)의 의미는 사업관계에서는 긴요한 제안의 갖지만 남녀관계에서는 청혼의 의미를 갖는다.

처음 만난 낯선 관계의 남자와 여자가 어느 순간 불꽃 튀는 눈빛을 교환하고 서로의 마음을 얻기 위해 노력하는 것도 어떤 의미에서 보면 사랑이라는 마법에 걸리기 전에 서로의 신뢰관계를 좋게 형성하려는 마음이 있기 때문이다.

우리는 연인에게 사랑을 고백하거나 구혼을 할 때, 그저 사랑한다는 말만으로는 무엇인가 부족함을 느낀다. 때문에 서로에게 마음이 끌린 남녀는 평범한 방식으로는 극적인 효과를 얻어내기는 쉽지 않다는 생각에 남들이 잘 시도하지 않는 새로운 방식의 프러포즈를 기획하여 긍정적인 결과를 만들어내기 위해 많은 노력을 기울인다. 보다 극적이고, 보다 드라마틱한 방식으로 프러포즈를 하여 상대의 가슴에 영원히 남을 감동의 순간을 연출하기 위해 노력하는 것이다.

상대의 이런 노력에 감동을 느낀 연인은 사랑의 포로가 된다. 비로소 프러포즈를 한 당사자가 목적으로 하는 연인을 향한 신뢰의 끈을 잡은 것이다.

극적인 프러포즈(propose)를 연출하여 상대방의 마음을 사로잡았다는 것은 어색했던 관계의 벽을 허문다는 것을 의미한다. 남녀 관계에서 상대방과의 신뢰의 끈이 이어졌다는 것은, 인생의 동반자로까지 발전할 가능성을 지니고 있다. 그러므로 신뢰의 끈으로 연결된 두 사람은 이제 그 신뢰의 끈이 끊어지지 않도록 서로 노력해야 한다.

러시아의 대문호 톨스토이는 34세에 17세의 소피아라는 소녀를 사랑했다. 소피아에게 한 눈에 반한 톨스토이는 마음속 끓어오르는 그녀에 대한 열망을 고백하지 못하고 홀로 짝사랑의 가슴앓이를 견딜 뿐 자신의 마음을 누구에게도 내색하지 않았다.

시간이 흐를수록 톨스토이의 소피아를 향한 마음은 식을 줄 모르고 점점 달아올랐다. 그렇게 톨스토이는 3년의 길고 힘든 가슴앓이의 시간을 보냈다.

그러던 어느 날, 톨스토이에게 기회가 찾아왔다. 소피아가 톨스토이의 집을 찾아온 것이다. 테이블을 사이에 두고 마주 앉은 톨스토이는 소피아를 향해 연필로 테이블에 '나는 당신을 사랑하오.'라고 글을 써 내려갔다. 글씨를 쓰는 톨스토이의 손은 떨리고 있었다. 톨스토이의 떨리는 손을 바라보는 소피아는 톨스토이의 사랑이 진심임을 느낄 수 있었다. 소피아는 톨스토이의 프러포즈를 받아들이게 된다. 하지만 톨스토이의 프러포즈는 거기서 끝난 것이 아니었다. 톨스토이는 좀 더 감동적인 프러포즈를 준비하고 있었다.

결혼을 앞둔 어느 날, 톨스토이는 소피아와 함께 산책을 나갔다. 드넓은 호수의 가장자리에서 톨스토이는 자신이 가져온 보자기를 풀었다. 보자기 안에는 몇 권의 오래된 노트가 들어있었다. 그것은 톨스토이의 일기장이었다. 그가 살아온 지난 세월의 흔적들이 세세히 기록되어 있는 그 일기장의 마지막 권은 최근 3년 동안 소피아를 향한 톨스토이의 사랑이 고스란히 담겨 있었다.

톨스토이는 그 일기장을 "지난 3년 동안 사랑하는 사람을 위해 준비한 선물"이라고 말하며 소피아에게 내밀었다. 일기장을 선물로 받고 감동한 소피아는 젊은 시절 톨스토이가 도박을 일삼고 재산을 탕진했으며 다른 여자와 불륜을 저지른 사실까지, 지난날 톨스토이의 방황을 온전히 용서할 수 있었다. 소피아는 톨스토이를 진정으로 신뢰하게 된 것이다.

지금 당신은, 누구의 신뢰를 얻기 위해 어떤 극적인 감동을 준비하고 있는가?

2
화는 신뢰를 잃게 만든다

"그때 내가 조금만 더 참았더라면 일을 이렇게 복잡하게 만들지는 않았을 텐데……."

우리는 인간관계를 맺으며 살아가는 과정 중에 화를 참지 못하고 그것을 여과 과정도 없이 그대로 분출함으로써 더욱 곤란한 상황에 빠지거나 돌이킬 수 없는 큰 어려움에 빠지는 경험을 한다.

그러나 시간이 지나 곰곰이 생각해 보면, 그렇게 화를 낼 일도 아니었는데 급한 성격에 큰 소리부터 지르거나 인상을 험악하게 하여 상황을 악화시킨 자신의 행동을 돌아보며 후회를 한다.

왜, 우리는 다른 사람들과 더불어 살아가는 세상에서 오순도순 웃으며 살지 못하고 화를 낼 수밖에 없는 상황들이 자주 생기는 걸까?

어느 누구도 화를 잘 내는 성격을 지니고 태어나지는 않았을 것이다. 그러나 타인과 경쟁하는 삶을 살아가는 과정에서, 개성이 다른 사람들과의 인간관계에서 화를 낼 상황이 만들어 지게 되고 그 상황 때문에 서로 얼굴을 붉히며 화를 내는 일이 발생하고는 한다.

눈이 오는 거리를 멋진 코트를 입고 걸어가고 있는 남자가 있다. 그런데 그 남자가 빙판길에 크게 넘어져서 무릎이 다쳤다고 가정해보자.

사람들은 그 남자가 무척 아플 것이라며 걱정스런 모습으로 쳐다보았다. 그러나 그 남자는 그 자리에 앉아 아픈 무릎을 문지르거나 다친 부위를 살펴볼 생각은 하지 않고 재빨리 자리에서 일어나 아무 일도 없었던 것처럼 뒤도 돌아보지 않고 가던 길을 가려고 발을 앞으로 내민다. 왜 그럴까?

자신이 아프다는 사실보다는 다른 사람에게 웃음의 대상이 되는 것이 싫기 때문이다.

그런데 아무 일도 없었던 사람처럼 뒤도 돌아보지 않고 가던 길을 가려고 발을 앞으로 내밀었는데, 또 넘어져서 까진 무릎이 또 까지게 되었다. 어떤 상황이 생겼을까?

그 남자는 무릎에서 피가 나는 괴로운 일을 당한 것에 대한 분풀이를, 눈이 나리는 하늘을 원망하지 않을 것이다. 대신 괴로워하는 자신을 보고 웃거나 재밌어하는 표정의 사람에게 화풀이를 하게 된다.

 길을 걷다 우연한 일로 만나게 된 생면부지의 사람들에게도 자신의 기분에 따라 화를 내는 상황이 벌어지는데, 매일 만나게 되는 사람들인 당신의 친구, 연인, 형제, 직장 후배, 상사, 동료들은 당신의 화를 어떻게 받아들이게 될까?

 당신의 화는 바로 그 화를 받아들인 사람의 마음속에 고스란히 쌓이게 된다는 것을 알아야 한다. 그리고 그 동안 그 사람의 가슴에 쌓여있던 당신에 대한 신뢰는 그 사람의 마음속에서 바람과 함께 사라지는 연기처럼 사라질 지도 모른다.

 자, 입장을 바꿔 한 번 곰곰이 생각해 보자. 만일 당신과 인간관계를 맺고 있던 누군가가 자신의 감정을 참지 못하고 당신에게 있는 그대로 화를 냈다면 당신의 기분은 어떨 것 같은가?

 지금까지 당신이 그에 대해서 신뢰하던 감정이 꽃이 시들듯 힘이 빠질 것 같지 않은가?

 그러나 이렇게 생각하는 사람도 있을 것이다.

 "개인의 감정과 일의 능력은 엄연히 다를 것이니, 내 업무실력 정도면 언제까지나 그 사람들이 나에 대해 신뢰하는 감정은 변하지 않을 것 같다고 생각해요."

 진정 그렇게 생각하고 있는가?

"제가 화를 좀 잘 내는 성격이지만, 그래도 공부를 잘하니까 선생님이나 친구들이 저를 신뢰하는 마음은 변함이 없을 것이라고 생각해요?

정말 그렇다고 생각하는가? 그렇다면 사람은 상대방이 자신에게 어떻게 대하는가에 따라서 하루에도 몇 번씩이나 마음을 바꿀 수 있는, 세상에 존재하는 유일한 동물이라는 것을 기억하기 바란다.

"우리 직원들은 내가 화를 버럭 내도, 믿고 잘 따라줍니다. 나에 대한 신뢰의 끈이 끊어지는 그런 걱정을 할 필요가 없어요."

이런 생각을 갖고 있는 리더나 경영자는 절대로 직원들의 감춰진 열정을 발견하고 끄집어내어 회사의 업무 효율과 이익을 극대화하는데 기여할 수 없다는 것을 명심해야 한다. 특히 개인 사업을 하거나 비교적 규모가 있는 기업을 이끌어 가는 리더나 전문경영자들의 경우에는 더욱 관심을 갖고 '화와 신뢰의 역학관계'를 생각할 필요가 있다.

"우리 애인은 내가 화를 내면 아주 터프하고 남자답다고 생각하던 걸요."

당신의 애인이 평생을 함께할 반려자로 당신을 생각하고 있다면, 다시 한 번 생각해 보아야 한다. 그녀의 눈에 터프하고 남자답게 보이던 당신의 모습이, 오히려 인생을 함께 살아가는 데 있어 앞으로는 큰 불안감을 안고 살아가야 한다는 사실을 말이다. 왜냐하면 사랑의 콩깍지는 곧 벗겨질 테니까.

그러나 안타까운 사실은, 이렇게 말을 하는 사람의 생각은 웬만한 각오각성 없이는 쉽게 변하지 않는다는 사실이다. 그렇다면 결국 화를 참지 못해서 스트레스를 받는 문제는 각오각성을 넘어, 정말 냉철하게 스스로를 분석하여 단단히 결심하는 일일 것이다. 또한 명심해야 할 것은 당신이 화를 내는 순간 당신을 향한 상대방의 신뢰는 멀리 허공으로 날아가 버린다는 사실을 가슴에 새겨놓아야 한다는 것이다.

데일은 화나 스트레스를 긍정적으로 받아들이기 위해서는, 상대방을 이해하려는 마음을 스스로 갖추는 것이 가장 중요하다고 강조하며 다음과 같이 말했다.

"회사 또는 단체에서 목표를 향해 정진하다 보면, 크고 작은 많은 문제에 봉착하게 되는 것은 당연한 일이다. 그러나 그것을 긍정적으로 이해하며 받아들이지 못하면 정신적으로 스트레스가 쌓이게 되는데, 이를 효과적으로 해소할 방법을 찾지 못하고 외부에 화를 분출하고, 그 스트레스를 여과의 과정도 없이 발산하는 습관이 사회생활 전반으로 이어진다면, 그 화는 다양한 인간관계 속에 그대로 영향을 미치게 되어 삶을 더욱 힘들게 만드는 원인이 될 수 있다."

3

감정적 행동은
신뢰를 잃게 한다

인간은 보편적으로 감정이 좋지 않은 상태에 있을 때에는, 상대방의 불편한 반응에 대하여 이성적으로 행동하기보다는 감정적으로 대응하는 경향을 보인다. 즉, 결과를 생각하지 않는 성급한 판단으로 일단 과격한 행동을 실행하고 마는 것이다.

어떤 상황에서도 감정적으로 행동하는 것은 어리석은 일이다. 왜냐하면 그러한 행동은 결국 자신이 쌓아놓은 신뢰를 잃는 행동이기 때문이다. 그러므로 순조로운 인간관계를 유지하기 위해서는 외교적인 성향을 갖출 필요가 있다.

성공하는 사람들은 대개 외교적인 성향을 갖춘 사람들이다. 왜냐하면 외교적 성향을 지니지 않고 편향적인 성향의 사람이 성공하기를 바란다는 것은 인간관계 구조상 거의 불가능에 가까운 일이기 때문이다.

　외교적인 성향을 갖춘 사람의 특징은 시비를 가리는 논쟁을 자제하고, 상대의 잘못을 지적하지 않으며, 좋은 인간관계를 유지하는 수완을 발휘하는 사람이라는 것이다. 또한 이들은 자신의 감정을 외부로 잘 드러내지 않고, 상대의 의견을 존중하며, 결코 자신이 우월하다는 것을 내색하지 않는다는 특성 또한 지니고 있다.

　데일이 소개하는 뉴욕의 리버티 가에서 정유 관련 특수 장치를 제작 판매하는 F. 마티니의 이야기는 외교적 성향의 특성을 잘 보여 주고 있다.

　롱아일랜드의 한 고객으로부터 기계 제작 주문을 받은 마티니는 작업에 착수했다. 그런데 불미스러운 일이 벌어졌다. 제작을 의뢰한 고객이 자신의 주변 사람들에게 특수 장치 제작에 대한 이런저런 이야기를 전해 듣고는 마티니의 실력을 신뢰하지 못하게 되었던 것이다. 심지어 사기를 당했다고 생각한 고객은 마티니가 제작 중인 특수 장치에 대하여 공연한 트집을 잡았고 온갖 불평을 늘어놓더니 끝내는 화를 내며 제작을 중단하라는 연락을 해 왔다.

　마티니는 고객이 제작을 중단하라는 이유를 여러 경로를 통해 알아보았다. 그 결과, 고객은 자신의 주위 사람들로부터 마티니가 제작하고 있는 기계에 관한 잘못된 정보를 듣고 불안한 마음에 트집을 잡고 있는 것이라는 것을 알게 되었다.

마티니는 터무니없는 주위 사람들의 이야기를 듣고 고집을 부리는 고객이 못마땅했지만 감정적으로 대응하지 않기로 마음먹었다. 그리고 자신이 제작 중인 제품을 세밀하게 재검토하였다. 그 결과 어떠한 결함도 발견할 수 없었으며, 스스로 제품의 품질에 대해서는 자신할 수 있는 마음을 갖게 되었다.

사공이 많으면 배가 산으로 간다는 말이 있듯 고객 주변사람들의 이야기는 제품에 대하여 잘 모르는 엉뚱한 것이었지만, 마티니는 그들의 훈수에 화를 내거나 변명하지 않았다. 자칫 그들의 감정을 잘못 건드려 고객이 제품 인수를 못하겠다고 끝까지 고집을 부리기라도 한다면 모든 일이 복잡하게 꼬이기 때문이었다.

마티니는 기계의 결함 때문보다는 인간관계 문제를 원만하게 해결을 하지 않음으로써 일이 잘못되는 경우를 많이 보아왔고, 또한 직접 경험한 일이 많은 특수 장치 제작의 베테랑이라고 자부하는 사람이었다.

마티니는 주문한 고객을 직접 만나보기 위해 롱아일랜드까지 찾아갔다. 마티니가 고객의 사무실로 들어서자 고객은 자리에 앉으라는 인사도 없이 험한 표정으로 마티니를 쳐다보았다.

고객과 마주 앉은 마티니는 고객이 실컷 자신이 하고 싶은 말을 모두 할 수 있도록 그의 말을 조용히 들어주었다. 한동안 자신의 할 말을 쏟아낸 고객은 마티니에게 이 문제를 어떻게 해결했으면 좋겠느냐고 물어왔다.

마티니는 공손한 태도로 고객께서 실망하는 일이 없도록 원하는 제품을 만들어 주겠노라고 대답했다. 또한 현재까지의 제작 진행 과정 중 조금이라도 문제점이 발견된다면, 지금까지 제품을 제작하기 위해 투입된 시간과 경비 일체를 기꺼이 자신이 부담하겠노라고 말했다. 하지만 앞으로 제작 상황에 대한 주위 사람의 말에 마음이 흔들려서 발생할 수 있는 문제에 대해서는 고객이 책임을 져야한다는 다짐을 받아냈고, 또한 자신에게 특수 장치 제작을 전적으로 맡겨주신다면 제품에 이상이 있을 시, 그 문제에 따르는 책임은 자신이 질 것임을 고객에게 약속을 해 주었다.

마티니의 말을 들은 고객은 어느 정도 흥분을 가라앉혔다. 하지만 그는 마티니의 제안을 받아들이면서도 만약 기계에 결함이 생겼을 경우, 그 책임은 마티니가 져야할 것이라며 다시 한 번 경고했다.

이후, 마티니는 고객이 만족할 수 있는 제품을 생산해냈다. 제품에 만족한 고객은 같은 제품 2대를 추가로 주문했다. 마티니는 자신의 감정을 스스로 잘 다스림으로써 자신을 신뢰하는 큰 고객을 확보할 수 있었으며, 회사에 큰 이득을 가져왔다.

누구라도 일을 하면서 상대와 일에 대한 논쟁은 항상 있을 수 있는 일이다. 그러나 '세 치 밖에 안 되는 혀가 사람을 죽이고 살린다.', '한번 뱉은 말은 주워 담지 못한다.'는 말이 있듯이, 외교 감각의 가장 기본적인 사항은 '말은 조심히, 행동은 신중하게'라고 할 수 있다. 그러므로 외교 감각을 익히는 일은, 신뢰 사회를 살아가는 사람이 후회하지 않는 삶을 만들기 위해서 꼭 습득해야할 중요한 일이라고 할 것이다. 물론 어느 날 갑자기 외교적인 성향을 갖춘 사람이 되는 것은 쉽지 않은 일이다. 하지만 꾸준히 노력한다면 누구라도 외교 감각을 익히는 일은 가능하다.

만일 마티니가 외교 감각을 갖추지 않았다면 어떻게 되었을까?

고객과 서로 반감하는 감정이 부딪쳤을 것이고, 그로 인해 감정적으로 일을 처리함으로써 앞으로 자신의 사업에 큰 도움을 줄지도 모르는, 잠재적 거물인 그 고객을 영원히 잃고 말았을 것이다. 그러므로 긍정적인 외교 감각을 갖추는 일은, 비즈니스에서 뿐만 아니라 모든 인간관계에서 신뢰의 끈을 잡을 좋은 기회를 자주 가질 수 있는 바람직한 습관이다.

4

타인에 대한 비난은
언제나 정확하지 않다

우리는 친구, 연인, 직장 상사나 동료 심지어 가족 간의 관계에서도 신뢰의 끈을 놓칠 수 있는 좋지 않은 습관을 자신도 모르는 사이에 저지르고 있다. 그중 화를 참지 못해서 때와 장소를 분별하지 못하고 자신의 감정을 그대로 드러내는 습관은 대표적인 신뢰의 끈을 끊어버리는 행동이라고 할 수 있다.

사실 인간관계에서 스스로 화를 억제하는 습관 하나만이라도 제대로 실천할 수 있다면, 지금까지의 삶과는 다른, 자신이 뜻하는 대로 많은 일들이 이루어지는 세상이 기다리고 있다고 장담할 수 있다. 즉 긴장 속에서 살아가는 삶이 아닌, 사람들로부터 신뢰받고 원활한 인간관계를 유지하며 살아가는 행복한 세상을 만나게 될 것이다.

앞에서도 소개했지만, 만일 록펠러가 파업 중인 노동자들의 상황과 처지를 이해하지 못하고 자신의 피해만을 생각하여 다른 방법을 택했다고 가정해 보자.

가령, 록펠러가 노동자 대표들에게 임금 인상 요구는 회사 입장을 고려하지 않은 무리한 것이며 파업이 폭력사태로까지 악화된 원인은 일부 과격한 노동자들의 감정적 행동 때문이었다고 말했다면, 노동자들의 분노는 더욱 증폭되었을 것이고 더욱 격화된 노사 간의 갈등과 증오로 인해 폭동은 걷잡을 수 없이 커졌을 것이다.

만일 당신이 누군가와 다툼을 벌이다가 오해로 인한 마음의 벽을 갖게 되었을 경우, 서로 자신이 잘했다고 하며 그 원인을 상대방의 탓으로 돌리는 방법으로는 진정한 화해와 마음의 벽은 결코 사라지게 할 수 없을 것이다.

상대방이 내 마음을 아프게 만들었다고 하더라도, 상대방이 나에게 마음의 상처를 준 사실이 분명하다고 할지라도, 상대방 또한 내 마음처럼 얼마나 아프고 힘들까하며 상대방의 입장에서 생각하고 행동한다면, 상대방은 그런 당신에게 미안함과 더불어 무한한 신뢰감을 느끼게 될 것이다.

데일은 인간관계 개선 프로그램 강좌 수강생들에게 마하트마 간디의 말을 전해 주었다.

『타인에 대한 비난은 언제나 정확하지 않다. 인간의 마음은 강물처럼 끊임없이 흐르고 변하기 때문에 항상 똑같은 사람일 수 없기 때문이다. 그러므로 함부로 사람을 판단하고 심판해서는 일을 크게 그르칠 수 있다. 왜냐하면 내가 그 사람에 대하여 어떤 판단을 내렸을 때에, 그 사람은 이미 다른 사람이 되어 있을 수도 있기 때문이다. 그러므로 타인을 헐뜯기에 앞서 자신을 돌아보며 바로 잡아야 한다.』

간디의 이 말은 상대를 자신의 주관대로 판단하여 경솔한 평가를 내리거나 비난하기보다는 포용하고 이해하라는 뜻이다.

만일 어떤 사람이 당신에 대해 조금이라도 좋지 않은 감정을 갖고 있다면, 당신이 아무리 좋은 말과 적절한 논리로써 설득하려고 해도 그에게 좋지 않은 감정이 남아 있는 한, 그 사람의 '신뢰'를 얻어내기는 불가능할 것이다.

"한 통의 쓸개즙보다는 한 방울의 꿀이 더 많은 파리를 잡을 수 있다."

링컨의 이 말은 인간관계학에서 진리의 말로 많이 인용되고 있다.

당신이 누군가의 신뢰를 얻고 그를 지지자로 만들고 싶다면, 당신이 먼저 그를 신뢰하고 있음을 보여주어야 한다. 이러한 태도가 상대의 마음을 사로잡는 한 방울의 꿀이며 신뢰의 끈을 잇는 최선의 방법인 것이다.

가정에서 아이들을 꾸짖는 아버지, 직장에서 부하 직원에게 윽박지르는 상사, 연인이나 배우자의 개인생활에 대하여 사사건건 잔소리를 늘어놓는 사람들은 상대방의 마음속에 차곡차곡 좋지 않은 감정을 쌓아가고 있다는 것을 깨달아야 한다.

상대방이 어떤 잘못을 저질렀다고 해도, 친구와 크게 다투었다고 해도, 연인이나 배우자가 큰 실망을 안겨주었다고 해도, 그들로부터 자신을 향해 흐르고 있는 신뢰의 강물은 마르지 않도록 유의해야 한다.

진심으로 상대방을 이해하고, 문제에 대해서 진솔하게 대화로써 의논해 주고, 마음의 상처를 주지 않도록 말과 행동을 조심하며 문제를 해결해 나가는 것이 신뢰의 끈을 유지하는 비결인 것이다.

5

논쟁으로 신뢰를
얻을 수 없다

/

─────────────────────────── /

사람은 누구나 경쟁에서 이기고 싶은 욕구를 가지고 있다. 그 누구도 경쟁 대열에서 뒤처지는 것을 원하지 않는다. 경쟁심은 인간의 강한 본능 중의 하나이기 때문이다.

때로 우리 주위를 둘러보면, 온통 경쟁심으로 눈빛을 번뜩이며 살아가는 사람들로 득실거리는 것 같은 느낌, 그리고 그 가운데 내가 서 있다는 사실에 두렵다는 생각을 할 때가 있다.

사람에게 욕망이라는 본능이 사라지지 않는 한, 세상을 살면서 그 누구의 견제도 받지 않고 자유롭게 자기 마음대로 산다는 것은 거의 불가능한 일이다. 왜냐하면 모든 사람은 각자 추구하는 이상과 목표가 있지만 사람들이 사는 세상이라는 곳은, 많은 사람이 열망하는 좋은 곳은 이미 포화상태일 것이기 때문에 극히 제한적으로 수용할 수밖에 구조이다. 그러므로 사람들은 서로 경쟁을 할 수밖에 없으며, 인간관계에서의 갈등 또한 필연적인 현상이라고 인정할 수밖에 어쩔 도리가 없다. 즉 경쟁심을 자극하게 되는 사회구조는 필연적인 사회 현상이라고 할 것이다.

우리는 때로 어떤 문제에 대해서 좋은 결과를 도출하기 위해 대화의 자리를 마련하지만, 대화의 자리에서 서로 자신의 의견만을 고집하다가 물러설 수 없는 논쟁으로 번지게 되고, 결국에는 서로 갈등의 벽을 쌓는 결과를 만들어 놓고는 한다.

논쟁으로는 긍정적인 결과를 만들어 낼 수 없다. 왜냐하면 논쟁하는 방법으로는 상대방의 신뢰를 얻을 수 없기 때문이다.

링컨은 친구들과 자주 격렬한 논쟁을 벌이는 청년에게 이렇게 충고한 일이 있다.

"자기 향상을 꿈꾸는 사람은 논쟁을 하고 있을 시간이 없는 법이라네. 더구나 논쟁의 결과는 자네도 이미 짐작할 수 있지 않은가? 서로의 마음이 불쾌해지거나 자제심을 잃어버릴 뿐이지."

논쟁이 심화되어 자제심을 잃게 되면, 설사 상대방의 의견이 옳다 해도 그것을 인정하려 하지 않고 자신의 의견을 좀처럼 꺾지 않으려고 한다. 그래서 시시비비를 가리는 논쟁을 하게 되면, 대개는 어떤 결론도 제대로 맺지 못하고 서로의 마음에 상처만 남길 뿐인 경우가 많다. 이처럼 부러질지언정 휘어지지 않는 것이 논쟁의 비극적 현상이다.

논쟁이 일어날 조짐을 보이는 자리는 피하는 것이 상책이다. 설사 논쟁으로 자신의 주장이 상대보다 더 많은 호응을 받았다고 할지라도, 논쟁 상대의 신뢰를 얻어내는 것은 거의 불가능한 일이기 때문이다.

그렇게 얼굴을 붉혀가며, 목에 힘줄을 그대로 드러내며, 침이 튀이도록 말한 대가가 상대방의 신뢰를 잃은 것이라면, 자신이 이겼다고 할지라도 결과적으로는 진 것이 아닌가.

데일도 의견이 다른 사람과 논쟁벌이기를 주저하지 않았던 시기가 있었다. 청년시절의 데일은 자주 친형과 의견이 충돌하여 맞섰으며 대학 시절 토론회에 참가해서는 상대방이 명확한 논리적인 증거를 제시하지 못하면 결코 자신의 의견을 굽히는 일이 없었다.

데일은 논쟁을 벌이는 것이 얼마나 어리석은 행위인지를 다음과 같은 일을 겪은 후에야 비로소 깨닫게 되었다.

어느 날 데일은 한 연회에 참석하게 되었는데, 자신의 옆자리에 있던 남자가 이렇게 말을 했다.

"모든 일은 인간이 벌이는 것이고, 어리석은 인간이 벌려놓은 일을 결국 신께서 마무리를 하는 것이라네. 이 말은 성경에 있는 내용이지."

그 사람의 바로 옆에서 그 소리를 들은 데일은 깜짝 놀라 그 사람을 쳐다보았다. 자신이 알고 있는 한, 옆자리에 앉아있는 남자가 말한 그 내용은 성경에 나오는 말이 아니라 셰익스피어의 작품에 나오는 내용이었다.

그래서 데일은 생면부지의 그 남자를 바라보며 말했다.

"그 말은 성경에 나오는 말이 아니라 셰익스피어의 작품에 나오는 내용입니다."

데일의 지적에 남자는 얼굴을 붉히며 자신이 알고 있는 것이 틀림없다고 주장했다. 이에 맞서 데일도 자신의 의견을 굽히지 않았다.

그때 마침, 데일의 옆자리에는 오랜 친구이자 셰익스피어의 작품을 연구하는 가드몬이 앉아 있었다. 데일은 친구를 바라보며, 누구의 말이 옳은지 시시비비를 가려달라고 부탁했다.

하지만 가드몬은 잠시 생각을 하더니, 테이블 밑으로 데일의 발을 툭 치고는 아무 말도 하지 않았다.

연회가 끝나고 집으로 돌아가는 길에 데일은 친구 가드몬에게 말했다.

"가드몬, 그 남자는 정말 잘못 알고 말을 했지 않은가? 그 말은 성경에 나오는 말이 아니라 셰익스피어의 작품에 나오는 내용이 아닌가 말일세. 그런데 셰익스피어의 작품을 연구하는 자네가 왜 아무 말도 하지 않은 것인가?"

가드몬은 데일을 바라보며 말했다.

"자네 말이 맞네. 그 말은 셰익스피어의 작품 《햄릿》에 나오는 내용이라네."

데일은 친구 가드몬을 이해할 수 없다는 듯이 원망하는 눈으로 바라보며 말했다.

"그렇다면 자네는 왜, 나와 그 사람이 논쟁을 벌이는데도 진실을 밝혀주지 않았나?"

그러자 가드몬은 데일을 바라보며 말했다.

"그 자리에서 그 남자의 잘못을 지적할 필요성을 느끼지 못했기 때문이라네. 그리고 설사 내가 그 자리에서 그 남자에게 당신은 잘못 알고 있다고 말을 해주었을지라도, 흥분상태에 있는 그 남자는 내 말을 인정하지 않았을 걸세. 오히려 논쟁만 더욱 고조시키는 결과를 불러올 것이 불 보듯 예상되지 않는가? 게다가 그 남자는 자네에게 자신의 말이 옳은지, 그른지에 대해서 자네에게 물어본 일이 없지 않은가?"

데일은 초대받지 않은 자리에 끼어든 불청객이었던 것이다. 설사 그 남자가 자신이 잘못 알고 있는 사실을 인정한다고 할지라도, 이미 그 남자에게서 데일은 신뢰를 얻어내기는 힘든 사람이 된 것이다.

데일은 자신의 친구 가드몬의 말이 옳다는 것을 깨달았다. 자신은 남의 잘못을 지적하는 잘못, 즉 상대에게 미움 받을 행동을 한 것이다. 그 경험 이후, 데일은 토론에서 이기는 최선의 방법은 논쟁을 피하는 것이라고 결론지었다.

다음은 데일의 저서《신뢰를 얻는 비결》에 나오는 내용이다.

『논쟁은 서로 자신의 주장이 옳다고 주장하며, 결국에는 화를 내며 돌아서는 것으로 끝을 맺게 되는 것이 대부분이다. 논쟁을 통해 인간은 억지로 설득을 당할지라도, 상대의 의견에 수긍은 하지 않는다. 그러므로 시시비비를 가리는 논쟁에서 이긴다는 것은 거의 불가능한 일이며, 논쟁은 답이 나오지 않는 쓸데없는 행위인 것이다. 논쟁에서 진다는 것은 말 그대로 진 것이고, 비록 이긴다 할지라도 결과는 마찬가지이다. 결국은 서로에게 좋지 않은 감정만 서로의 가슴에 심어놓을 뿐이다. 그러므로 자신의 의견이 옳다고 해도 그것이 사소한 것이라면, 상대의 말을 인정하고 가급적 빨리 상대의 의견에 수긍하는 것이 신뢰를 잃지 않는 비결이다.』

6
논쟁을 피하는 방법

논쟁의 자리를 피하고 싶어도 마음처럼 되지 않을 때가 있다. 상대에게 좋은 인상을 심어주어 그의 신뢰를 얻고 싶은 사람의 입장에서는, 논쟁 벌이는 것을 좋아하는 상대를 만나 대화를 나눈다는 것은 보통 난처한 일이 아닐 수 없다. 상대의 말을 무조건 피할 수 없는 입장이기 때문이다.

논쟁을 즐기는 사람은 상대가 회피한다고 해도 자신이 원하는 결론이 나지 않으면 끝까지 물고 늘어지는 특성이 있다. 그러면 난감한 상황이 만들어질 수밖에 없다.

데일은 여기에는 특별한 비결이 있다고 말하며, 패트릭 J. 오릭스의 사례를 예로 들어 이 문제에 대한 해결 방안을 제시해 주었다.

패트릭은 트럭을 판매하는 세일즈맨으로 교양 면에서는 좀 부족한 점이 있었지만 토론하는 자리에 끼어들기를 즐기는 사람이었다.

그는 자신이 만난 고객들과 시시비비를 가리는 논쟁에서 지금까지 한 번도 져본 일이 없었노라고 사람들에게 자랑삼아 말하곤 했다. 그러나 그의 트럭 판매실적은 항상 저조했다.

그는 자신의 주장이 옳다는 것을 고객에게 증명하였음에도 트럭 판매가 저조하다는 사실이 스스로 생각하기에도 이해가 되지 않았다. 그래서 패트릭은 데일의 '인간관계 개선 프로그램 강좌' 수강신청을 하게 되었으며, 강좌를 담당하는 강사에게 영업실적을 올릴 수 있는 대화법을 가르쳐 달라고 부탁했다. 그러나 강사는 패트릭의 영업실적을 올릴 수 있는 방법이 좀처럼 떠오르지 않았다. 왜냐하면 강사가 생각하기에 패트릭의 말솜씨는 자신의 도움 없이도 충분히 유창하다고 생각했기 때문이다.

며칠 동안 패트릭의 문제에 대해서 곰곰이 생각을 한 강사는, 어느 날 자신의 방으로 패트릭을 불러 마주 앉은 자리에서 말했다.

"패트릭 씨의 말솜씨는 매우 훌륭해요. 다만 넘치는 것이 부족한 것보다 못하다는 말이 있듯이 말이 좀 많다는 것이 패트릭 씨의 트럭 판매 저조의 원인이라는 생각이 들어서 이 자리를 만들게 되었습니다."

강사는 패트릭에게 이렇게 말하며 '침묵을 지키고 논쟁을 피하는 방법'을 강구해보라는 지침을 내렸다. 그러자 패트릭은 자신의 직업 특성상 침묵을 지킬 수는 없다고 말했다. 그러자 강사는 패트릭에게 상대방에게 논쟁의 빌미를 주지 말라고 조언하며 방안을 제시했다. 강사가 제시한 방안은 다음과 같다.

가령, 고객을 방문했을 때 고객이 자사의 제품을 비난하고 타사의 제품을 칭찬한다면 시시비비를 따지며 고객을 설득하기 위해 애쓰기보다는 맞장구를 치며 고객의 의견에 적극 동조하라는 것이었다.

실제로 패트릭은 이 방법을 적절하게 활용하여 훗날 회사에서 트럭을 가장 많이 판매한 사람이 되었다. 그의 활동 사례를 살펴보자.

어느 날 패트릭은 많은 트럭을 보유하고 운송사업을 하고 있는 고객의 사무실을 방문하여 회사의 재무 책임자인 이사에게 자사의 트럭에 대해 설명을 하려 했다. 그런데 재무 이사는 패트릭의 말을 듣기도 전에 대뜸 이렇게 말했다.

"당신 회사의 트럭은 힘이 너무 부족한 것 같소. 그래서 우리 회사는 트럭을 구입한다면 후즈이 사의 트럭을 구입할 계획이오."

예전의 패트릭이었다면, 재무 이사의 말을 곱게 받아들이지 못하고 그것은 당신의 편견이며 자사의 트럭이 얼마나 많은 장점을 가지고 있는지를 일일이 따져가면서 반박을 했겠지만, 패트릭은 속으로 마음을 진정시키고 이사에게 이렇게 말했다.

"이사님, 옳은 말씀입니다. 후즈이 사는 건실한 회사이고 좋은 직원들이 많은 곳이지요. 고객님의 말씀처럼 후즈이 사의 트럭을 구입하여 사용하시면 후회하지 않으실 것입니다."

운송회사 재무 이사는 패트릭이 자신의 의견에 반발하기보다는 오히려 동조를 하고 나서자 할 말을 잇지 못하고 패트릭에게 미안한 듯 멋쩍은 웃음을 지어보였다.

왜 이런 상황이 만들어졌을까?

패트릭의 말에는 논쟁의 여지가 없었기 때문이다. 재무 이사가 경쟁 업체인 후즈이 사의 트럭을 칭찬하는데도, 패트릭이 자신의 말에 동조하는 상태에서는 더 이상 자신의 주장을 펼 이유가 없었던 것이다. 패트릭은 재무 이사가 논쟁할 의욕을 상실한 틈을 이용하여 자사 트럭의 장점에 대해 차분히 설명했다.

패트릭의 회사에 대해 부정적인 편견을 가지고 있던 재무 이사는 방어적인 자세를 풀고 패트릭의 말에 귀를 기울였다. 그리고 패트릭의 회사트럭을 다섯 대나 구입하기로 약속했다.

만일 패트릭이 예전처럼 큰소리로 후즈이 사의 트럭에 대하여 단점을 조목조목 따지며 논쟁을 했다면 어떻게 되었을까?

패트릭은 재무 이사를 설득시킬 수 있었을지는 모르겠으나 그에게 트럭을 판매하지는 못했을 것이다. 설사 재무 이사가 자신이 잘못 알고 있는 사실을 인정한다고 할지라도, 이미 재무 이사에게서 패트릭은 신뢰의 끈이 끊겨버린 사람이 된 것이다. 손뼉도 마주쳐야 소리가 나듯, 논쟁도 상대가 맞받아쳐야 성립이 된다. 하지만 상대의 의견에 동조를 하고 나온다면, 상대방은 논쟁을 하고 싶어도 할 수 없는 것이다.

패트릭의 상대방 의견에 대한 동조는 일시적으로는 상대방의 주장을 인정하는 것처럼 보일 수 있지만 상대에게 논쟁의 여지를 주지 않은 것은 상대방을 내편으로 끌어들이고 신뢰를 얻어내는 고차원적인 방법이다. 상대와 논쟁이 일어날 기미가 보인다면 일단 그 자리를 피하는 것이 최선책이지만 상황이 여의치 않다면 상대방의 의견에 동조해 주는 것이 신뢰의 끈을 유지하는 좋은 방법인 것이다. 시시비비를 가리는 논쟁에서 신뢰의 끈을 놓지 않는 방법은 바로 자신의 주장을 꺾을 수 있는 결단력이다.

7

논리적으로 설득하여
스스로 생각하도록 하라

유능한 상사는 부하직원이 자신에게 주어진 임무를 긍정적인 마음으로 수행하도록 한다. 왜냐하면, 부하 직원의 신뢰를 받는 상사의 지시는 강압적이지 않고 부드러우며, 억지를 부리거나 강요하지 않으며 매우 논리적이기 때문이다.

상사가 부하 직원에게 고압적인 자세로 지시를 내리거나 심지어 자신의 지위나 힘을 이용하여 협박에 가까운 명령을 내리는 경우를 볼 수 있다. 물론 이러한 강압적인 지시는 명령을 받는 사람이 즉시 행동에 착수할 수 있도록 하거나 상대를 굴복시키는데 일시적으로는 매우 효과적인 방법일 수 있다. 하지만 고압적인 자세로 명령을 내리듯 하는 지시를 능동적인 마음으로 따르고 싶은 부하직원은 없다는 것을 알아야 한다.

또한 부하 직원에게 지시를 하달하는 위치에 있는 상사는 지시를 이행하는 부하 직원의 어떠한 의문 제기에도 타당성 있는 설명을 할 수 있는 준비를 갖추고 있어야 한다. 상대를 논리적으로 설득한 후에 지시를 하달하면, 장황하게 설명하지 않아도 그의 마음을 움직여 능동적으로 일을 할 수 있게 한다.

데일은 이에 대한 사례로 모터를 판매하는 세일즈맨 조셉 앨리슨의 이야기를 수강생들에게 들려주었다.

앨리슨이 담당하고 있는 구역은 모터를 사용하는 회사가 많이 모여 있는 공단 지역으로 전임 담당자가 3년 동안 바쁘게 쫓아다녔지만 판매 실적이 저조하다는 이유로 사장으로부터 많은 질책을 받는 구역이었다. 때문에 판매직원들은 이 지역 담당자가 되는 것을 두려워했다.

앨리슨 역시 회사로부터 이 구역 판매 담당자로서 임무를 맡고 1년 동안이나 수시로 방문하였지만 결과는 전임자와 크게 다르지 않았다.

그러던 어느 날, 그날은 앨리슨에게 행운이 따르는 날이었는지, 공단지역에서 가장 규모가 큰 회사에 3대의 모터를 판매할 수 있었다.

앨리슨은 자신의 생애 중 이렇게 가슴 벅차고 기쁜 날은 없을 거라는 생각이 들 정도로 기뻐했다. 왜냐하면, 이 회사의 사장인 게이트 사장은 판매 직원들이 '철옹성'이라고 부를 만큼 샐러리맨들에게는 냉정한 사람으로 인식되고 있었기 때문이다.

회사로 돌아와서 모터 판매 보고서를 작성하는 앨리슨의 손이 가볍게 떨리고 있었다. 만약 자신이 판매한 모터의 성능이 게이트 사장의 마음에 든다면, 매년 백여 대의 모터를 판매할 수 있는 절호의 기회를 맞이한 것이다. 더구나 앨리슨은 자사 제품의 성능에 대해서는 스스로 자부하고 있었기에 큰 기대를 하고 있었다.

3주일 후, 앨리슨은 가슴 벅찬 기대를 안고 자신에게 모터를 구매한 게이트 사장을 찾아갔다. 그런데 게이트 사장은 앨리슨을 보고는 모터의 성능이 형편없다며 불만을 토로했다. 제품의 성능에 대해서는 자부하던 앨리슨에게는 청천벽력과 같은 반응이었다.

앨리슨은 마음을 다잡고 자사의 제품에 대해 왜 불만을 갖게 되었는지, 게이트 사장에게 공손한 태도로 물었다. 그러자 그는 인상을 찌푸리며 모터에서 열이 많이 발생하여 화상을 입을 정도라고 말했다.

앨리슨은 우선 화가 난 게이트 사장을 진정시키기 위해 그의 의견에 고개를 끄덕이며 동의를 표했지만, 사실 속으로는 그의 억지스런 불만에 화가 났다. 하지만 섣불리 자신의 감정을 표출해서는 안 된다는 것을 앨리슨은 경험을 통해 알고 있었다.

앨리슨은 게이트 사장의 마음이 진정된 듯하자, 논리적으로 그를 설득하기 시작했다.

우선 앨리슨은 협회가 공인하는 모터의 온도가 화씨 72도까지 올라가는 것을 허용한다는 것을 게이트 사장님께서는 알고 있느냐고 조심스럽게 물었다. 그리고 공장 안의 온도가 몇 도쯤 되느냐고 물었다. 그러자 게이트 사장은 공장의 온도는 화씨 75도에 맞추어 있다고 대답했다.

앨리슨은 게이트 사장의 이 말을 놓치지 않고 모터의 허용 온도 화씨 72도에, 공장 안의 온도 화씨 75도를 더하면 화씨 147도가 되므로 화상을 입을 수 있을 정도로 위험하지 않겠느냐고 말하며, 안전을 위해 공장의 온도에 좀 더 신경을 써야 한다고 부드러운 눈빛으로 게이트 사장을 바라보며 조심스럽게 말했다.

잠시 생각을 하던 게이트 사장은 호탕하게 웃으면서 "아이쿠, 내 잘못이 크구먼."이라고 말하며 앨리슨을 멋쩍게 바라보며 말했다.

"젊은 사람이 매우 논리적으로 설명하는 것도 믿을만하지만, 더욱 내 마음에 드는 것은, 자네의 그 진솔하고 겸손한 태도에 신뢰감이 드는군."하며, 그 자리에서 열다섯 대의 모터를 추가 주문했다.

만일, 앨리슨이 논리적인 설명도 없이 무조건 게이트 사장에게 모터의 특성에 대하여 잘못 이해하고 있다고 말했다면 어떻게 되었을까?

그랬다면 분명 게이트 사장의 심기를 불편하게 하여 주문을 더 받아낼 수 없었을 뿐 아니라 회사의 이미지에도 좋지 않은 인상을 심어주었을 것이다.

비논리적인 사람이 자신에게 주어진 임무를 성공적으로 달성하기란 쉽지 않다. 왜냐하면 비논리적인 생각으로는 상대방을 설득하거나 신뢰를 받을 수 없기 때문이다. 그러므로 논리적으로 준비되고 무장이 된 사람은 사람의 마음을 사로잡는 강력한 무기를 장착한 것과 같다고 할 수 있다.

앨리슨의 일화에서 보듯이, 사람들은 대개 타인에 의해 강요된 의견보다는 자기 스스로 이해하게 된 의견을 더 중시한다. 이 말은 타인에게 자신의 의견을 강요하는 것은 잘못된 방법이라는 것을 의미한다. 즉 상대에게 힌트만 주고 상대로 하여금 결론을 내리게 하는 것이 현명한 방법이라는 것이다. 왜냐하면 자신이 강요를 당하고 있다든가, 지시를 받고 있다는 느낌을 주는 사람을 신뢰할 사람은 없기 때문이다.

8
이해의 폭을 넓혀라

사회생활을 하다보면 각양각색의 사람들과 만나게 되는 것은 필연적인 일이다. 그러므로 편향적인 인간관계의 삶을 사는 사람에게는 힘겹고 곤란한 일이 자주 생길 수밖에 없는 사회구조인 것이다. 우리는 사회생활 중 인간관계에서 종종 이런 말을 듣게 된다.

"저 사람은 성격이 왜 저모양이야!"

이런 현상은 대개 자신이 생각하는 기준으로는 도저히 이해할 수 없는 성품을 가진 사람을 보게 되면 나오는 반응인데, 생각해 보면 그리 놀랄 만한 일이 아니다. 사람들이 모두 개개인의 겉모습이 다르듯, 성품 또한 천차만별이기 때문이다.

혹시 누군가는 나를 보고 "저 사람은 성격이 왜 저모양이지?"라고 말하고 있는지 어찌 아는가?

이렇듯 모든 사람의 성품을 좋게만 또는 나쁘게만 보고 이해하고 받아들이는 사람은 아마도 없을 것이다. 그렇다면 타인으로부터 인정받고 신뢰를 얻으려면 다양한 성품을 가진 사람들을 이해하는 폭을 넓히는 것이, 다른 사람의 마음을 얻기 위해서는 중요한 일이라고 할 것이다.

자신이 좋아하지 않는 외모나 성품이라고 해서 외면하거나 무시하게 되면, 자신 또한 누군가로부터 외면당하거나 따돌림을 받을 수 있는 확률이 높다. 왜냐하면 자신이 선호하는 성품을 가진 사람들과 어울리는 일은 누구나 할 수 있는 일이지만, 자신이 싫어하는 성품을 가진 사람에게 호의를 베풀기란 쉽지 않기 때문이다.

만일 인간의 성품이 천편일률적으로 비슷비슷하다면 인간관계의 복잡함에 대해서 고민할 필요도 없을 것이다. 한두 가지 인간관계 처세술을 익히는 방법만으로도 상대방의 신뢰를 얻을 수 있을 테니 말이다.

세상은 정말 다양하고 각양각색의 사람들이 더불어 모여 사는 곳이다. 때문에 다시 한 번 강조하지만, 이해의 폭을 넓히는 것이 좋은 인간관계를 유지하는 비법이다. 그러나 좀처럼 적응하기 곤란한 성품의 사람이 있다. 거만하고 완고한 성품의 사람이다. 융통성도 없고 자신의 잘못을 좀처럼 인정하지 않는 그런 사람을 대하기란 결코 쉽지 않은 일이다. 그들은 대개 자존심이 쓸데없이 세기 때문에 아무리 적절한 설명을 하고 근거가 확실한 사실을 제시해도 좀처럼 받아들이지 않으려고 한다. 오히려 논쟁을 하면 할수록 반발 강도는 점차 강해진다. 이런 사람은 어떻게 이해를 해야 할까?

데일은 프레데릭 S. 파슨즈의 사례에서 그 해답을 찾을 수 있다며 파슨즈의 이야기를 수강생들에게 들려주었다.

세무서 소득세 상담직원인 파슨즈는 세무 감사원과 의견 충돌을 벌인 적이 있었다. 9만 달러의 세금을 징수해야 하는 일이었는데, 파슨즈는 가압류를 걸어 놓은 그 채권이 악성채권이기 때문에 회수가 불가능하다며 과세대상이 되어서는 안 된다고 주장했고, 감사원은 충분히 회수가 가능한 채권이므로 과세 대상이라고 말했다. 두 사람은 2시간이 넘도록 토론을 벌였지만 결론을 내지 못했다. 이유는, 그 감사원의 품성은 거만한데다가 완고하기까지 한 성품의 사람으로 파슨즈가 어떤 타당한 이유와 근거를 제시해도 그는 자신의 의견을 좀처럼 굽히지 않았기 때문이었다.

파슨즈는 결론이 나지 않는 논쟁을 자제하고, 화제를 바꾸어 감사원에 대한 칭찬을 하기 시작했다. 칭찬의 내용은 '실무 경험이 풍부한 당신이 부럽다.', '당신에게는 배울 점이 많은 것 같다.' 등이었다. 거만하고 완고한 감사원을 설득하기 위한 파슨즈의 전략이었다.

파슨즈의 칭찬을 들은 감사원의 표정이 어느 순간 부드러워지더니, 자신이 그동안 적발한 탈세 사건에 대한 이야기를 시작으로 세무 감사원이라는 직업에서 겪는 고충, 그리고 공무에서 느끼는 자부심에 대해서도 이야기를 늘어놓았다.

시간이 지날수록 그의 언행은 더욱 부드러워졌으며, 나중에는 파슨즈를 마치 친한 친구라도 되는 듯 자신의 가족 이야기까지 해주었다.

이처럼 거만하고 완고한 사람들은 그 성품 때문에 냉정한 사람처럼 느껴질 때가 있지만, 그들도 자신의 가치를 인정해주고 찬사를 보내는 사람들에게는 관대하고 평범한 한 사람일 뿐이다. 그러므로 그런 성품의 사람으로부터 신뢰의 끈을 잡기 위해서는, 그 사람의 성품을 이해하는 마음의 폭을 넓힐 수 있도록 노력해야 한다.

상대의 성품이 마음에 들지 않는다고 해서, 자신이 고집하는 바대로 강하게 밀고나가 이기려고만 한다면 오히려 상황은 더욱 악화되고 역효과만 날 뿐이다. 그의 의견을 긍정적으로 받아들이려는 노력을 기울여야 상대 역시 당신이 내민 신뢰의 끈을 잡게 되는 것이다.

데일의 인간관계 개선 프로그램 강좌를 수강했던 사람 중에는 부동산 중개업에 종사하는 사람, 증권 회사 직원, 자동차 영업사원

등 그 직업의 종류도 다양했지만 개성 또한 각양각색이었다. 그 중 데일이 이번 강좌에서 소개하고자 하는 사람은 몬테나 지역에서 자동차 영업을 하는 헤럴드 링케라는 사람이다.

링케가 이른 아침에 출근하여 가장 먼저 하는 일은, 오늘 자신이 영업할 구역을 선택하는 일이다. 구역을 선택하고 사무실을 나서는 링케의 가방에는 신차의 정보를 알리는 정보지가 가득 들어있다. 어깨에는 노란 색의 띠가 둘러져 있고, 띠에는 파란색 글씨로 신차 출시를 알리는 문구가 적혀 있다.

링케는 지하철 입구 또는 횡단보도 앞에 서서 출근하는 사람들에게 정보지를 건네는 일을 2년 동안 지속적으로 해왔다. 그렇게 홍보를 해도 링케에게 자동차를 구입하려는 사람은 그리 많지 않았다. 어떤 사람들은 링케에게 자동차에 대해 꼬치꼬치 문의를 하고는 더이상 연락을 하지 않는 경우도 있었다. 문의는 링케에게 하고, 구입은 다른 영업사원에게 하는 경우라고 링케는 생각했다.

링케는 저조한 영업실적에서 오는 압박감에 신경이 매우 날카로워져 있었다. 그래서 기존의 고객들에 대한 서비스조차 소홀하게 되고 때로는 귀찮아하기까지 했으며 기존 고객들의 불만사항이나 요구사항을 처리하는 일에 대해서도 영업사원으로서의 자세도 잊은 채 냉담하게 일을 처리하고는 했다.

링케는 자신의 영업방식에 대하여 곰곰이 생각해 보았다. '내가

왜 이렇게 약해지는 걸까? 이러면 안 되는데…. 지금의 시기를 어떻게 슬기롭게 보낼 수 있을까?'

그 시기에 링케는 데일의 인간관계 개선 프로그램 강좌에 참여하게 되었다. 그가 강좌에 참여하게 된 이유는, 노력해도 성과가 오르지 않는 실적에 대한 두려움 때문이었다. 그렇게 참여하게 된 강좌에서 링케는 인간관계의 원리에 대해서 많은 걸 배우고 깨달을 수 있었다.

'그래, 난 단순히 영업사원으로서가 아니라 동시대를 살아가는 사람으로서 고객들과 신뢰의 끈으로 단단하게 매듭짓는 인간관계를 엮어나가야 해.'

데일의 강좌를 통해 링케는 스스로를 새롭게 재창조하기 위해 노력했다. 우선 아침마다 오늘 영업활동을 해야 할 고객 명단을 확인한 후에, 고객의 성격과 일의 특성 등을 파악하고 전화를 걸기 시작했다. 그리고 고객이 전화를 받으면 자신을 소개한 후 간단히 용건을 말했다.

"안녕하십니까? 고객님께서 지난주에 우리 회사에서 출시된 자동차에 관해 문의를 주셨는데, 답변이 좀 미비한 것 같아서 전화를 드렸습니다."

"안녕하십니까, 고객님. 고객님께서 구입하신 신차의 서비스는 만족스러우십니까?"

적극적이고 긍정적인 자세의 변화로 인해 링케가 가장 놀랍게 생각한 것은 고객의 반응뿐만 아니라 그동안 자신이 자동차를 파는 데에만 급급해서 자신을 통해 자동차를 구입해준 고객들에 대한 사후관리를 전혀 하지 않았던 사실과 또한 고객들은 저마다 마음속으로 불만사항이나 요구사항을 갖고 있었다는 사실을 알게 되었다는 것이다.

링케의 적극적인 영업활동에 처음에는 귀찮아하거나 불쾌하게 생각하던 고객들은 차츰 호의적인 반응을 보이기 시작했다. 링케는 더욱 열심히 기존 고객들의 안부를 묻는다든가, 고객의 생일 등 기념일을 챙기는 일을 소홀히 하지 않았다.

고객을 섬기는 자세로 근무하는 링케에게 차츰 변화가 생기기 시작했다. 그의 전화를 받은 고객들은 호의적인 반응을 보였으며, 자동차에 대한 궁금한 점을 묻기도 했고, 심지어 개인적인 안부를 묻기도 했다.

"저의 직업에는 어떤 종류의 차가 좋을까요?"

"이번에 출시된 자동차의 장점은 무엇입니까?"

"할부 조건은 어떻습니까?"

"결혼은 했습니까?"

하루가 다르게 사무실에 전시된 영업성과를 표시하는 그래프에 링케의 영업실적은 동료들이 놀랄 만큼 상승곡선을 그리고 있었다.

고객들은 자신들의 의견을 존중해 주고, 자신을 낮추어 말할 줄 아는 겸손한 태도의 링케를 신뢰하게 되었으며 그 결과, 주변의 지인들이 자동차를 구입하려고 할 때마다 링케를 소개해 주는 등 링케는 많은 자신의 지지자들을 확보하게 되었다.

Everything that has lost trust is lost

4장

칭찬,
신뢰를 얻는
지름길

1
신뢰를 얻는
배려의 힘

개인 사업을 하든, 규모가 큰 회사를 경영하든 '사업을 잘하는 사람들의 공통된 처세술의 특징은 우호적인 태도가 습관이 되어 있다는 것이다. 사업을 잘하는 사람들은 가능한 상대방의 입장에서 생각하고 우호적인 태도를 유지함으로써 신뢰의 탑을 굳건하게 세워 놓은 것이다.

그들은 회사의 경비원 등과 같은 자칫 소홀하게 대할 수 있는 사람들에게도 세심한 배려를 아끼지 않는다. 또한 그들은 항상 유머 감각과 유쾌한 기분을 유지하려고 노력하며, 겸양의 습관이 몸에 배어있고, 자신이 크게 성공하였음에도 타인의 명예를 소중히 여기는 사람들이다.

언젠가 데일은 '신뢰를 쌓는 인간관계의 비결'라는 주제의 강좌에서, 신뢰받는 사람들의 소양을 연구하면서 알게 된 화이트 모터 사의 CEO 로버트 블랙에 대해 강의한 일이 있다.

어느 날, 화이트 모터 사의 간부 직원들에게 긴급회의가 소집되었다. 긴급회의가 소집된 이유는 2,500명이나 되는 노동자들이 업무를 중단하고 파업에 돌입했기 때문이다. 노동자들의 요구는 임금 인상과 노조의 합법화였다.

회의장에 모인 간부직원들은 노동 파업에 대한 대책을 마련하기 위해 고심을 거듭했지만 중론은 노동자들의 요구를 모두 수용할 수는 없다는 것이었다. 하지만 최종결정권은 CEO인 로버트 블랙에게 있었다.

긴급회의에 참석하기 위해 로버트 블랙의 차가 회사 정문으로 들어섰다. 그러자 회사의 앞마당에서 농성을 하고 있던 노동자들은 CEO 로버트 블랙의 차량을 향해 손가락질을 해대며 야유를 보냈다.

자신을 향해 주먹을 휘두르는 노동자들을 바라보는 로버트 블랙의 눈에서는 금방이라도 눈물이 흘러내릴 듯이 벌겋게 충혈이 되어 있었다. 노동자들의 요구를 모두 수용할 수 없는 CEO의 안타까운 마음 때문이었다.

차가 본관 건물 앞에 서자, 자동차에서 내린 로버트 블랙은 간부직원들이 긴급 소집되어 자신을 기다리고 있는 회의실로 들어서자마자 큰 소리로 물었다.

"우리 회사의 노동자들이 왜 뜨거운 뙤약볕 아래 맨바닥에 앉아 있는 겁니까?"

"네?"

간부 직원들은 CEO의 말이 무엇을 의미하는지 모르는 듯 모두 로버트 블랙을 긴장한 표정으로 바라보았다.

"우리 회사의 노동자들이 왜 저렇게 힘겹게 농성을 하도록 내버려뒀냐는 말입니다!"

CEO 로버트 블랙의 호통에 간부 중 한 사람이 자리에서 일어나며 말했다.

"사장님, 저들은 지금 파업 중입니다."

그 순간 로버트 블랙의 눈빛이 매섭게 빛났다.

"저 뜨거운 햇볕 아래서 저렇게 바닥에 앉아 농성을 하는데, 그늘막이라도 쳐줘야 할 것 아닙니까?"

CEO의 호통에 간부직원은 일순간 할 말을 잃었다.

"당신들이 우리 회사의 가족인 것처럼 저들 역시 우리의 가족이오. 가족이 고생하고 있는데 그것을 보고만 있는 가족을 진정한 가족이라고 할 수 있겠습니까? 그러니 어서 농성장으로 가서 천막이라도 쳐주고 오라는 말이오."

간부 직원들은 로버트 블랙의 호통에 당황하여 일제히 분주한 모습으로 회의장 밖으로 뛰어나갔다.

잠시 후, 넥타이를 풀고 팔소매를 걷어 올린 와이셔츠 차림의 간부직원들이 회사 앞 광장으로 몰려나와 천막을 설치하기 시작했다. 그러자 농성 중이던 노동자들은 의아한 표정으로 웅성거리기 시작했다. 그때 농성 중이던 대열에서 한 사람이 일어나서 큰소리로 간부직원들을 바라보며 소리쳤다.

"아니, 당신들 지금 뭐하는 짓이오? 지금 불난 집에 부채질하러 왔소?"

"아니오, 여러분들이 뜨거운 뙤약볕에 있는 걸 보고 사장님이 직접 천막을 쳐주라고 하셨소."

그 말을 듣고 한 노동자가 비웃으며 말했다.

"거짓말 하지 마시오! 사장이 우릴 진정으로 위하는 마음이 있다면 직접 나타나서……."

그때였다. 일순간 광장 안은 물을 끼얹은 듯 조용해졌다. 광장 한 쪽 구석에서 로버트 사장이 직접 천막을 들고 나오는 모습이 보였던 것이다. 그 모습을 본 노동자들은 사장의 모습을 조용히 지켜보았다.

CEO 로버트 블랙은 와이셔츠 팔소매를 걷어붙인 채, 소리 없이 간부사원들과 함께 천막을 치는 일을 했다. 얼마 후 광장 곳곳에 천막을 설치하게 되자 노동자들은 뙤약볕을 피해 천막 아래 그늘로 들어갔다. 노동자들의 소란스러움이 어느 정도 잠잠해지자, CEO 로버트 블랙은 연단에 올라 마이크를 잡았다.

"이제 제 마음이 조금은 편해질 수 있겠군요. 지금까지 저와 고락을 함께 해온 가족과도 같은 여러분이 뙤약볕 아래서 고생하는 모습을 보고 안타까운 마음에 부족하지만 우선 따가운 햇볕을 피할 수 있도록 그늘로 모셨습니다."

노동자들은 CEO 로버트 블랙의 연설을 듣기 위해 마이크 소리에 귀를 기울였다.

"여러분은 여러분의 입장에서 회사 측에 원하는 것이 당연히 있을 것이라고 생각됩니다. 가능하면 한 분도 빠짐없이 서로 토론을 하고 중지를 모아주시기 바랍니다. 그리하시면 저는 여러분의 대표들을 만나서 모아진 여러분의 뜻을 겸허한 마음으로 성의껏 들을 것입니다."

로버트의 연설은 힘이 있으면서도 노동자들의 마음을 헤아릴 수 있다는 듯 진심이 담겨 있었다.

"그리고 여러분이 농성을 하는 동안 가능하면 식사를 거르거나 추운 곳에서 잠을 청하지는 마시기 바랍니다. 회사에서는 비어 있는 공장 가건물에 여러분의 잠자리를 마련해 둘 것입니다. 또한 직원식

당은 확대해서 여러분에게 정성스런 음식을 제공할 것입니다. 여러분께서 평화롭고 질서 있게 농성에 임해주신다면, 저 역시 여러분의 대표를 만나 여러분의 의견을 최대한 수렴할 것을 약속드립니다.”

CEO 로버트 블랙은 농성노동자들에게 파업으로 인한 회사의 손해를 생각하거나 감정을 나타내기보다는 농성중인 노동자들을 좀더 어떻게 잘 보살필까를 고민했고, CEO의 지시를 받은 회사 측 임원들과 직원들은 농성 노동자들에게 최대한의 편의를 제공하기 위해 동분서주 열심히 뛰어다녔으며, 농성 노동자들 또한 평화롭고 질서를 지켜가며 소모임 별로 서로의 의견을 나누기 시작했다.

농성 3일째 되는 날, 로버트는 사내 방송을 통해 광장을 깨끗하게 청소하는 등 질서 있게 농성에 임하고 있는 농성 노동자들에게 감사의 인사를 보냈다. 그리고 클리블랜드 지역 신문사의 광고 지면을 할애하여 성숙한 농성 문화를 보여주고 있는 노동자들에 대한 감사의 글을 신문에 실었다.

'평화적이고 질서 정연하게 파업에 임하고 있는 우리 회사 가족들에게 무한한 찬사를 보냅니다.'

– 로버트 블랙

신문에 평화로운 파업을 찬사하는 광고가 게재되자, 농성 노동자들 사이에서는 CEO 로버트 블랙에 대하여 감동을 받는 사람들이 생겨나기 시작했다.

노동자들에 대한 로버트의 호의는 거기서 그치지 않았다. 농성 노동자들이 광장에서 할 일 없이 빈둥거리는 모습을 본 로버트는 한 간부 직원에게 지시를 내렸다.

"농성 노동자들에게 야구 방망이와 글러브를 갖다 주시오."

그의 지시를 즉각 시행하기 위해 지시를 받은 간부 직원이 밖으로 뛰어나갔다.

로버트 블랙은 갑자기 생각이 났다는 듯 다른 간부 직원을 바라보며 지시를 내렸다.

"아, 야구를 즐기지 않는 사람들도 있을 테니, 회사의 볼링장과 탁구장, 그리고 테니스 코트 등 여가를 즐길 수 있는 모든 시설을 24시간 개방하시오."

그 지시를 받은 간부직원 또한 즉각적으로 지시를 이행하기 위해 밖으로 뛰어나갔다.

농성 5일째, 변화가 일어났다. 파업 중인 노동자들이 회사의 입장에서 생각하기 시작한 것이다. 노동자들은 스스로 역할을 분담하여 파업 활동으로 흐트러진 외벽 청소와 회사의 시설물 곳곳을 청결하게 유지하는 일에 나섰다.

파업은 일주일 만에 노사 간의 질서를 지켜가며 아무런 충돌과 감정의 상처 없이 원만한 타협으로 종결되었다.

데일은 파업을 대하는 CEO 로버트 블랙의 자세에 대하여 이렇게 논평했다.

'사병이 쉬지 못하면 장교 또한 쉬어서는 안 된다. 사병이 먹지 못하면 장교도 먹어서는 안 된다. 장교가 사병과 괴로움을 함께 하면, 사병은 장교를 위해 죽음도 불사한다. 이것을 기업에 접목해 보면 다음과 같이 바꿀 수 있을 것이다.

부하 직원이 땀을 흘리며 일하고 있을 때, 태평하게 에어컨 바람이나 즐기고 있으면 안 된다. 부하 직원이 바쁜 업무로 인해 식사를 하지 못하고 있을 때, 상사는 고급 음식점이나 들락거리고 있으면 안 된다. 상사가 부하 직원의 고민을 자신의 고민으로 여기고, 부하 직원이 기뻐하거나 슬퍼할 때, 그 기쁨과 슬픔을 함께 할 수 있으면 부하직원은 상사를 위해 자신의 열정을 불태운다.'

리더가 자신을 따르는 사람들에게 존중심을 보여줄 때, 화합된 힘을 발휘하게 되는 것이다. 신뢰는 상대의 입장을 이해하는 것에서부터 시작된다. 이해를 하면 인정하게 되고, 인정하며 신뢰하게 된다.

신뢰를 얻은 리더는 성공할 수밖에 없다. 신뢰가 바탕이 되었기 때문이다. CEO 로버트 블랙은 노동자들의 고충을 이해하고, 우리는 한 가족이라는 생각으로 노동자들과 힘든 시간을 함께했기에 파업사태를 원만하게 해결하고 회사 노동자들의 신뢰를 얻을 수 있었으며 그들을 자신의 지지자로 만들 수 있었다.

2
관심과 칭찬은
신뢰의 기본

누군가에게 미움을 받는 것은 불편하고 외롭고 고통스러운 일이다. 더구나 마치 투명인간처럼 자신의 존재가 사람들로부터 외면을 당한다면, 그것은 더욱 고통스럽고 외롭고 괴로운 일이다.

이러한 현상은 서로 간의 마음을 이해할 수 있는 기회를 갖지 못하고 대화로써 소통이 잘 이루어지지 않았을 때 생기는 현상이다. 때문에 사람들에게 신뢰를 얻고 자신의 존재를 믿을 수 있는 사람으로 인식하도록 만들기 위해서는, 먼저 상대에 대해 관심을 기울이고 다른 사람에 대한 비난을 하지 말아야 하며 특히 상대의 장점에 대한 칭찬을 아끼지 말아야 한다.

많은 사람들이 상대에 대한 칭찬이나 상대의 마음을 사로잡는 것에 대해서 쑥스러워하거나 난처한 일이라고 생각하는 경향을 보인다. 이러한 감정은 사람의 보편적 심리를 잘 모르기 때문에 생기는 현상이다. 인간은 감정의 동물이기 때문에 내가 먼저 상대에게 기쁨을 주면, 상대 또한 자신이 받은 그 기쁨을 돌려주기 위한 준비를 한다. 즉 마음을 열어 상대를 신뢰하는 마음을 갖게 된다는 것이다.

예를 들어, 누군가를 오랜만에 만났을 때 "오우, 여기서 이렇게 당신을 만나다니, 정말 반가워요. 그렇지 않아도 보고 싶었는데…, 역시 당신은 나와 통하는 게 있는 것 같아요."라는 식으로 상대와의 만남을 반기면서 이야기를 하면, 아무리 무뚝뚝한 사람이라도 그 역시 반가운 마음으로 기쁘게 나를 맞이해 줄 것이다.

미국 필라델피아에서 건설 회사를 경영하는 엘 고우 씨는 이러한 인간관계 처세술로 신뢰의 끈을 놓지 않았기 때문에 힘든 시기를 슬기롭게 넘길 수 있었다.

고우 씨는 대기업으로부터 건축 공사 하청을 받아 지정된 기일까지 공사를 완료하기 위해 마무리 작업에 한창 몰두하고 있었다.

모든 일의 과정이 순조롭게 진행되는가 싶었는데, 준공을 불과 3주일을 앞두고 건물의 외부 장식에 사용하는 청동 세공업체로부터 약속한 기일 내에 제품을 납품하기 어렵겠다는 통보를 받았다.

고우 씨에게는 완공을 얼마 남겨놓지 않은 상황에서 참으로 암담한 일이 아닐 수 없었다. 한 업체의 약속 불이행으로 인해 공사 전체가 중단되고 또한 막대한 손실이 예상될 수밖에 없는 상황이었다.

고우 씨는 뉴욕에 본사가 있는 청동 세공업체에 긴급전화를 걸어 현장의 긴박한 사정을 설명하고 도움을 요청하였으나 돌아오는 답변은 기일을 맞추기 어렵다는 것이었다. 그렇다고 고우 씨는 공사를 중단하고 기다리고 있을 수만 없었다. 그래서 고우 씨는 애타는 마음을 안고 청동 세공업체가 있는 뉴욕으로 갔다.

뉴욕에 도착한 고우 씨는 청동 세공업체 사장과 마주 앉았다. 그 자리에서 고우 씨는 문제가 된 외부 장식 제품에 대해서는 일체 말하지 않고 우선 가벼운 안부와 세상이야기를 하며 얼마간의 시간을 보냈다. 그리고는 사장의 얼굴을 바라보며 말했다.

"브루클린에는 사장님과 같은 성을 쓰는 사람이 사장님 외에는 없더군요."

고우 씨의 말에 사장은 호기심 가득한 눈빛으로 고우 씨를 바라보았다. 고우 씨는 자신이 어떻게 이와 같은 사실을 알게 되었는지 설명해 주었다.

고우 씨가 브루클린에 도착해서 가장 먼저 한 일은, 청동 세공업체 사장을 찾아가기 위해 전화번호부에서 그의 이름을 확인하는 것이었다. 그래서 우연히 그의 성이 매우 희귀한 성 씨라는 사실을 알게 되었던 것이다. 청동 세공업체 사장에게 개인적으로 말할 이야기거리를 만들어낸 것이다. 고우 씨는 이를 기억해 두었다가 그에게 알려준 것이다.

청동 세공업체 사장은 자신도 생각지 못했던 사실에 놀라움을 감추지 못하며 사무실에 있는 전화번호부를 살펴보았다. 그리고 고우 씨가 한 말이 사실이었음을 알게 되자 눈을 반짝이며 자신의 성에 대한 유래와 역사, 그리고 조상들의 이민사에 대한 이야기까지를 장황하게 설명해 주었다.

청동 세공업체 사장의 이야기가 끝나자, 고우 씨는 공장 규모와 설비에 대한 이야기를 했다. 그러자 그는 직접 고우 씨를 공장 곳곳을 안내하며 입에 침이 마르도록 공장의 시설에 대해 자랑을 했다. 그리고 자신이 직접 발명했다는 기계 앞에서 그는 직접 기계의 작동법을 고우 씨에게 시범을 보이기도 했다.

고우 씨는 마음속으로는 시간에 쫓기고 있었지만, 자신이 찾아온 용건은 일절 내비치지 않았다. 대신 평소 청동 세공에 대하여 관심이 많았다는 식으로 이야기를 이끌어 나가며 청동 세공업체 사장의 자랑에 일일이 대꾸해 주었고, 사장이 발명했다는 기계에 대해서는 호기심을 보이며 정말 대단한 발명품이라는 칭찬을 아끼지 않았다. 회사의 작업 시설 또한 훌륭해서 직원들의 사기가 높을 것 같다는 찬사를 보내기도 했다.

고우 씨와 함께 공장 곳곳을 다니며 설명을 마친 사장은 기분이 한층 고조되어 스스로 고우 씨가 찾아온 목적을 이미 알고 있었다고 말하며, 다른 주문을 조금 늦추더라도 고우 씨의 공사 기일에 맞추어 납품을 완료하겠다는 약속을 했다.

고우 씨는 자신이 찾아온 실질적인 목적에 대해서는 단 한마디도 하지 않고, 상대에 대한 관심과 칭찬을 함으로서 소기의 목적을 달성한 것이다.

3
칭찬은 숨어 있는 능력을
이끌어 낸다

　/

심리학자 윌리엄 제임스는 '인간이 지닌 본성 중 가장 강한 욕구 중의 하나는 남에게 인정받기를 갈망하는 것이다.'고 말했으며, 정신 분석학의 창시자인 프로이트는 '인간의 행동은 두 가지 동기, 즉 성적 충동과 성공하고자 하는 욕망에서 비롯된다.'고 말했고, 미국의 유명한 철학자 존 듀이는 '인간의 가장 큰 욕구 중의 하나는 훌륭한 인간이 되고자 하는 욕구'라고 말했다.

심리학자 윌리엄 제임스가 희망한다든가, 동경한다든가 하는 평범한 표현을 쓰지 않고, 굳이 '갈망한다.'라고 표현한 것은 식욕이나 성욕, 수면욕만큼이나 현실세계에서 풍족하게 누리며 살고 싶은 인간의 마음을 표현한 것이다. 윌리엄 제임스는 '남에게 인정을 받으며 산다는 것이, 현실에서 좀처럼 충족하기 어려운 문제임을 간파하고 있었던 것이다.

그런 까닭에서인지, 미국의 초대 대통령 조지 워싱턴은 자신을 반드시 '미합중국 대통령 각하'로 불러주기를 원했고, 스페인의 탐험가로서 신대륙을 발견한 콜럼버스 역시 '해군 대 제독' 또는 '인도 총독'이라는 칭호로 불리기를 바랐으며, 러시아의 캐서린 여왕은 '폐하'라는 호칭이 쓰여 있지 않은 편지는 거들떠보지도 않았다고 한다. 미국의 기업가이자 석유업계의 제왕으로 불린 록펠러는 세상 사람들에게 자신의 존재를 각인시키기 위해, 생면부지 중국의 가난한 사람들을 위하여 베이징에 현대식 병원을 짓는데 막대한 돈을 기부하기도 했다.

정신과의사들의 말에 따르면, 현실 세계에서 자신의 중요성을 인정받기가 힘들기 때문에 환각의 세계에 몰입하는 사람들이 많다고 한다. 이들이 환각의 세계에 빠져드는 이유는, 현실 세계에서 충족할 수 없는 자신의 욕구를 환각상태에서 만나게 되는 환상의 세상에서 대리만족한다는 것이다.

남에게 인정받고 싶어 하는 인간의 갈망하는 마음을 알았다면, 누군가를 설득하거나 신뢰감을 주려고 할 때 강압적으로 명령을 하거나 추궁하는 것보다는 상대의 자존감을 높여주는 것이 신뢰의 끈을 더욱 단단하게 엮어주는 긍정적 방법임을 깨닫게 될 것이다.

철강 왕 앤드류 카네기는 슈와브라는 부하 직원을 매우 신뢰했다. 카네기는 슈와브에게 평범한 직장인들은 상상도 할 수 없을 만큼의 높은 연봉을 지급하였을 뿐만이 아니라 연봉을 매년 50% 이상 인상하여 주었다. 그럼에도 카네기는 슈와브에게 지급하는 연봉이 그의 능력에 비해 많다고 생각한 적이 한 번도 없었다고 한다.

카네기가 슈와브를 그토록 신뢰했던 것은 그가 천재이기 때문인 것도 아니고, 철강에 관한 최고의 권위자이기 때문도 아니었다. 오히려 카네기 회사에는 철강에 관해서 슈와브보다 뛰어난 사람은 얼마든지 있었다.

그렇다면 카네기는 왜 그토록 슈와브를 신뢰했던 것일까?

그것은 바로 슈와브의 사람 다루는 능력을 높게 평가했기 때문이다.

슈와브의 사람 다루는 방법은 간단했다. 그는 상사로부터 꾸중과 비난을 듣는 것만큼 직원의 의욕을 꺾는 일은 없다고 생각하는 사람이었기에 개개인의 장점을 최대치로 높이기 위해서는 칭찬과 격려를 아끼지 말아야 한다는 것을 자신의 철칙으로 생각했다.

그의 사람을 다루는 것을 지켜보면, 업무를 잘 처리한 부하 직원에게는 진심에서 우러나는 찬사를 보냈으며, 실수나 잘못을 한 직원과는 대화를 통해 그것을 서로 보완하고 수정해 나간다는 자세의 세심한 배려로 돌본다. 이것이 바로 그가 능숙하게 사람을 다루는 비결이다.

많은 사람들에게 존경받는 사람들은 하나같이 비난보다는 칭찬을 자주 사용한다는 공통점을 발견할 수 있다. 그들이 그렇게 자주 칭찬을 하는 이유는, 칭찬을 들으며 일하는 사람은 자신의 능력을 최대한 발휘할 수 있도록 노력하기 때문에 능률 또한 배가된다는 사실을 잘 알고 있었기 때문이다. 실제로 칭찬이나 찬사가 상대를 고무시켜 최대의 능력을 발휘하게 만든 사례는 헤아릴 수조차 없을 정도로 많다.

브로드웨이에서 최고의 흥행사로 이름이 널리 알려진 지그펠드는 무명의 여성을 찾아내어 무대에 데뷔시키고는 했는데, 신기하게도 그의 발탁으로 무대에 서게 된 여배우는 긴 시간이 지나지 않아서 매혹적인 모습의 여배우로 변모하여 대중들의 인기를 독차지하곤 했다.

많은 사람들은 이러한 지그펠드의 능력에 놀라워했지만, 사실 그의 비결은 매우 단순했다. 그것은 상대의 장점을 칭찬하고 신뢰하는 것이었다. 칭찬과 신뢰가 숨겨진 능력을 계발하는데 얼마나 가치가 있는 것인지를 잘 알고 있던 지그펠드는 자신이 발굴한 신인 여배우의 아주 작은 장점에도 아낌없는 찬사를 보냈다.

그럼으로써 그 신인 여배우에게 스스로 자신이 아름답다는 자신감을 갖게 만들었으며, 그의 말처럼 그 신인 여배우는 숨겨진 자신의 아름다움을 찾기 위해 열심히 노력했다. 그 결과, 얼마 후에는 두 눈으로 직접 보면서도 믿지 못할 만큼 매혹적인 여성으로 변모한 여배우를 사람들은 만나볼 수 있었다.

이처럼 칭찬은 숨어 있는 아름다움까지 끌어낼 만큼 놀라운 힘을 가지고 있다는 것을 지그펠드는 간파하고 있었던 것이다. 지그펠드와 같이 자신이 발탁한 인물을 변화하게 하는 방법을 터득한 사람들은 자신을 드높이기보다는 흙속에 묻혀있는 진주를 발견하여 광채를 내듯, 상대의 장점을 칭찬하고 가치를 높이는데 최선을 다한다.

미국의 사상가 에머슨은 "어떤 사람이라도 나보다 뛰어난 점, 즉 내가 본받아야할 요소를 지니고 있다."고 말했다.

나의 장점보다는 타인의 장점이 빛을 낼 수 있도록 칭찬이라는 강력한 도구로 단단한 신뢰의 끈을 엮어보자.

4

칭찬한 후에 질책한다

회사의 상사, 한 가정의 남편 혹은 아내 등 자신이 책임을 져야 하는 위치에 있는 사람 중에는 부하 직원, 혹은 아내나 남편이 잘못을 저지르거나 실수를 했을 경우, 무작정 그의 실수나 잘못에 대해 추궁하거나 꾸짖는 경우가 있다.

물론 상황에 따라서는 같은 잘못이나 실수를 다시는 저지르지 않도록 따끔한 충고와 잔소리가 필요할 때도 있지만 일방적인 훈계나 질책은 상대의 마음에 지울 수 없는 상처를 남기게 될 수 있다.

그렇다면 누군가의 잘못이나 거듭된 실수를 어떻게 지적해 주어야 할까?

사람이 좌절하게 되는 것은, 힘들거나 곤란한 상황에 처했을 때가 아니라 힘든 상황에서 그 누구에게서 어떤 위로도 받을 수 없는 처지 일 때, 좌절하게 되는 것이 사람의 보편적인 심리라는 것을 알아야 한다.

이렇듯 잘못을 하거나 실수를 한 사람의 심리는 한 마디로 불안한 마음상태에 있다고 할 수 있다. 불안한 심리상태에 있는 사람에게 무작정 윽박지르거나 심한 질책은 오히려 좌절감을 안겨줄 수 있다. 그러므로 상대가 진심으로 자신의 잘못을 반성하고 훈계 혹은 충고에 대하여 감사한 마음으로 받아들이게 하려면 잘못을 꾸짖기에 앞서 상대의 장점을 칭찬한 후에, 조용하고 차분한 목소리로 상대의 잘못이나 실수에 대한 지적을 해야 한다. 이는 마치 면도를 하기 전에 비누거품을 먼저 바름으로써, 면도를 하며 발생할지 모르는 상처를 미연에 예방하는 것과 같은 이치라고 할 수 있다.

칭찬을 들은 후 듣는 질책이나 잔소리는 웬만하면 마음에 상처를 남기지 않는다. 왜냐하면 상대가 수긍하지 못하는 질책으로 인해 생길지 모를 마음의 상처를, 칭찬이 비누거품과 같은 효과를 내기 때문이다.

현명한 사람들은 이러한 점을 효과적으로 활용하여 회사나 단체 생활의 질서를 유지한다. 데일은 이 방법을 활용하여 긍정적 결과를 만든 인물로서 미국의 25대 대통령 매킨리의 처세술을 소개했다.

1896년, 상원의원이던 매킨리가 대통령 선거에 입후보했을 때의 일이다.

선거 일정이 한창 진행 중이던 어느 날, 공화당 소속의 한 의원이 대통령 후보가 연설회장에서 발표할 연설문의 초고를 작성하여 매킨리 후보에게 가져왔다. 그 의원은 매킨리 대통령 후보에게 자신이 심혈을 다해 쓴 연설문이라고 말하며 자신감에 넘치는 목소리로 직접 매킨리 대통령 후보 앞에서 연설문을 낭독했다. 의원이 읽는 연설문을 모두 들어본 매킨리 후보는 잠시 생각에 잠겼다가 다시 연설문을 한참 들여다보며 생각에 잠겼다.

매킨리 후보는 의원이 작성해온 연설문은 훌륭한 부분도 있었으나 전체적으로 많은 수정이 필요하다고 생각했다. 그 연설문을 그대로 발표한다면 일부 국민들로부터 비난이 쏟아질 것을 예상할 수 있었기 때문이었다.

매킨리는 대통령 후보의 연설문은 자신이 속한 당을 지지하는 유권자뿐만 아니라 국민 모두를 포괄적으로 아우를 수 있어야 한다고 생각했던 것이다. 하지만 매킨리의 마음 한편에는 연설문을 작성한 공화당 의원의 자존심을 지켜주고 싶은 마음이 있었다. 즉 매킨리 대통령 후보는 의원과의 신뢰의 끈을 결코 놓고 싶은 마음이 없었던 것이다.

매킨리 대통령 후보는 연설문을 작성한 의원을 바라보며 정중하게 말했다.

"의원님, 매우 훌륭한 연설문입니다. 의원님이 심혈을 기울여 작성한 이 연설문을 적당한 시기에 활용하면 많은 국민들의 지지를 받게 될 것입니다. 저 또한 백 퍼센트 긍정적인 효과가 있을 것으로 장담할 수 있습니다. 하지만 이번 연설회장에서 발표하기에는 좀 적절하지 않은 것 같습니다. 의원님의 입장에서는 이보다 훌륭한 연설문은 없겠지만, 대통령이라는 자리는 당과 국민의 입장 모두를 생각해야 한다고 생각합니다. 그러니 의원님, 국민들께 새 정부의 비전과 희망, 그리고 국민 화합을 이루어야 하는 대통령으로서의 소명을 매킨리 정부에서는 꼭 이루겠다는 비장함이 담긴 연설문을 이번 연설문처럼 다시 한 번 써 주실 수 있겠습니까? 그리고 완성되면 꼭 나에게 먼저 보여주기 바랍니다. 기다리고 있겠습니다. 의원님."

매킨리의 생각을 충분히 이해하게 된 의원은 얼마 후 다시 연설문을 작성해서 매킨리를 찾아왔고, 그 의원은 매킨리 대통령 재임 중 신임 받는 대통령의 찬조 연사로서 맹활약을 했다.

에이브러햄 링컨 또한 남북전쟁 당시 북군이 위기에 빠져있을 때, 한 장군의 명예를 실추시키지 않으면서 적절한 지적을 함으로써 전세를 역전시킨 일이 있다.

북군은 무려 18개월 동안이나 잇단 패전에서 벗어나지 못하고 있었다. 전선에서의 사상자 수는 늘어만 가고 있었고, 국민들은 거듭된 패전 소식에 절망감으로 신음하고 있었다. 게다가 한 장군의 그릇된 행동으로 인해 북군은 지휘체계가 흐트러지는 등 그야말로 절체절명의 위기상황에 처해 있었다. 바로 이 시점에, 링컨은 장군에게 펜을 들었다. 전장에 있는 장군의 흔들리는 마음을 다잡고자하는 마음에서였다.

편지의 내용은 장군의 그릇된 행동을 책망하는 것이었으나 링컨 대통령은 최상의 예우를 갖추어서 우회적으로 부드럽게 장군을 꾸짖고 있었다.

편지의 내용은 다음과 같다.

『나는 귀관을 신임해서 포트맥 전투의 지휘관으로 임명하였습니다. 그러나 귀관에게 약간의 불미스러운 점이 있어서 이렇게 펜을 들었습니다.

이 세상에 완벽한 사람은 없겠지만, 나는 귀관이 용맹스럽고 훌륭한 군인이라고 믿고 있습니다. 또한 나는 귀관이 정치와 군인으로서의 명예를 혼동하지 않는 인물이라는 확신을 가지고 있습니다.

귀관은 언제나 자신감이 넘치는 사람입니다. 나는 자신감이란 것이, 사람에게 반드시 필요한 요소라고 장담할 수는 없지만 존중해야할 점이라고 생각합니다. 그리고 귀관에게 야망이 있다는 것 또한 잘 알고 있습니다. 남자에게 야망이 있다는 것 역시 도를 넘지 않는다면 반드시 필요한 정신이라고 생각합니다.

그러나 귀관은 반사이드 장군의 지휘 아래 있을 때, 공훈을 세우려는 욕망으로 상관의 명령을 어기고 귀관의 뜻대로 행동하는 중대한 과실을 범한 일이 있습니다. 또한 귀관은 정치 및 군사에 대해서 독재의 필요성을 강조하고는 했습니다. 그럼에도 불구하고 내가 귀관을 군사작전상 중요 요충지역의 지휘관으로 임명한 것은 결코 귀관의 의견에 동의했기 때문이 아닙니다.

나는 독재의 필요성이 국민들에게 또는 군인들에게 인정을 받기 위해서는, 그것에 의한 성공이 보장되지 않으면 안 된다고 생각합니다. 따라서 내가 귀관에게 바라는 것은 우선 군사적으로 성공해 보라는 것입니다. 그러면 나는 전력을 다해 귀관의 생각을 뒷받침할 것입니다. 만일 귀관의 언동에 영향을 받아 부대 내에서 상관을 비방하는 풍조가 더 이상 확산된다면, 그 화살은 반드시 귀관에게 돌아올 것이라는 것을 상기시키려는 마음에 펜을 들었다는 것을 알리고 싶습니다.

나는 가능한 귀관과 협조하여 그러한 사태를 미연에 방지하고 싶습니다. 그런 풍조가 일어난다면, 나폴레옹이라 할지라도 우수한 군대를 유지하는 것은 불가능한 일이 될 것입니다. 그러므로 행동을 신중히 하여 최후의 승리를 거둘 수 있도록 전력을 다해 주기 바랍니다.』

링컨의 편지를 읽은 장군은, 지금의 시기는 자신의 욕망을 억제하고 전투에서 승리를 쟁취하는 하는 것이 무엇보다 절실한 순간임을 깨달았다. 패배한다면 자신의 욕망 또한 사라진다는 것을 깨닫게 된 것이다.

이후 장군은 심기일전하여 불리하던 전장 상황을 바꾸어 놓았으며, 전쟁 막바지 전투에서 가슴에 총탄을 맞고 최후를 맞이하며 옆에 있는 부관에게 미소를 지으며 말했다.

"부관, 대통령 각하께 편지 감사했다고 전해주게. 그리고 대통령의 명령을 완수할 수 있어서 행복하게 전사했다고……."

장군은 죽는 순간까지 자신을 믿어준 링컨에 대한 신뢰의 끈을 붙잡고 있었던 것이다.

링컨은 장군의 지나친 욕망을 지적하기 위해 먼저 당근을 주고 채찍을 사용하였다. 만일 링컨이 장군의 행동에 대하여 군 통수권자의 지위를 이용하여 장군의 잘못된 행동을 질책하면서 무작정 화를 냈다면 어떻게 되었을까?

아마도 완고하고 자존심 강한 장군을 설득하는데 실패했을 것이다.

칭찬은 부드러운 채찍이다. 상대의 마음에 상처를 주지 않으면서 설득할 수 있는 최상의 처방약이다. 따라서 상대를 추궁하기에 앞서, 상대의 장점을 우선 칭찬해야 링컨과 같이 자신을 신뢰하는 사람을 얻을 수 있을 것이다.

5
스스로 생각하게 하라

우리가 책이나 학교 교육을 통해서 알고 있는 역사적으로 유명한 사람들의 특징은, 상대로 하여금 스스로 생각하도록 유도하는 능력이 뛰어났다는 것을 알 수 있다. 그중에서도 시어도어 루스벨트는 대표적인 인물이라고 할 수 있다.

뉴욕 주지사로 재임하던 시절 루스벨트는 각 정당의 대표들과 큰 문제없이 친근하게 지내면서도 때로는 그들이 반대하는 민감한 정치적인 사항을 강하게 밀어붙이고는 했다. 그러나 '인사가 만사'라는 말이 있듯이, 루스벨트는 인사문제에 있어서만큼은 중요한 보직을 결정할 때마다 각 정당의 대표들을 초대하여 그들로 하여금 후보자를 추천하도록 했다.

어느 날 주요부서의 공위 공직자가 사고로 인해 공석이 되자, 그 자리를 잠시라도 비워둘 수 없다고 생각한 루스벨트는 각 정당의 대표들을 초대해서 적절한 인물을 추천해 달라고 했다.

각 당의 대표들은 서로 자당 소속의 사람을 추천했다. 루스벨트는 그들이 추천한 사람들을 검토해 보았지만 공석이 되어 있는 자리의 임무를 수행하기에는 적당하지 않은 사람이 대부분이었다. 그래서 루스벨트는 각 당의 대표들에게 시민들이 수긍하지 못할 것이라는 이유로 일단 인사를 보류시켰고, 대표들에게 한 번 더 심사숙고해서 시민들이 납득할 수 있는 적임자를 추천해 달라고 부탁했다. 그런 과정을 거친 후에야 비로소 루스벨트는 대표들이 추천한 사람을 그 주요보직에 임명했다.

이 이야기에서 보듯이 루스벨트는 인사문제에 대해서 가능하면 자신은 관여하지 않고 각 당의 대표들에게 스스로 생각하고 결정할 수 있는 권한을 줌으로써 반대에 부딪치지 않고 주요 보직 인사를 결정할 수 있었다. 그러나 만일 루스벨트가 자신에게 위임된 인사권을 자의적으로 판단하여 독단적으로 인사를 단행했다면, 각 당 대표들의 거센 반대에 부딪쳤을 것이다.

루스벨트 주지사는 상대에게 스스로 생각할 수 있는 기회를 부여하는 것이 상대로부터 큰 저항 없이 자신의 지지자로 만드는데 효과적인 방법이라는 것을 간파하고 있었던 것이다.

데일은 이와 같은 사례를 로버트 할리의 이야기를 통해 수강생들에게 들려주었다.

자신의 디자인 작품을 스타일리스트나 직물업자에게 판매하는 일을 하는 로버트 할리는 수천 달러의 손실을 보고나서야 상대에게 스스로 생각하는 시간을 부여하는 것이 상대의 신뢰를 얻는 방법임을 깨달았다.

그는 자신이 디자인 한 작품의 거래를 성사시키기 위해 뉴욕 디자인업계에서는 그 이름이 널리 알려진 한 디자이너를 일주일에 한 번씩 거의 2년 동안을 특별한 일이 있지 않는 한 거르지 않고 방문했지만, 자신의 디자인 작품을 거의 판매하지 못했다.

디자이너는 매주 방문하는 할리를 만나주기는 했지만 매번 할리가 스케치한 디자인을 보고는 마음에 들지 않는다고 하며 되돌려 주었다.

어느 날 할리는 이런 상황이 계속되자 지금까지 그 디자이너에게 돈으로 따질 수 없는 시간과 실제 들어간 경비를 계산해 보았다. 그리고 그 가치는 자그마치 수천 달러에 달할 것이라는 생각을 했다. 그래서 할리는 여기서 멈출 수 없다는 오기가 생겼다. 이제는 자신의 자존심 문제라고 생각한 할리는 이렇게 실패를 거듭하기보다는 다른 방법을 강구해 보아야겠다고 생각했다.

며칠 후, 할리는 새로운 방법을 시도해 보기 위해 미완성된 디자인 몇 작품을 가지고 디자이너 사무실로 찾아갔다. 그리고 디자이너를 만나자 이렇게 말했다.

"선생님, 오늘은 선생님의 조언을 듣기 위해 미완성된 디자인 작품 몇 점을 가지고 왔습니다. 선생님께서 보시고 이것을 어떻게 완성을 해야 좋을지 가르침을 부탁드립니다."

디자이너는 한참 동안 할리의 스케치 작품을 쳐다보더니 2~3일쯤 작품을 보면서 생각하고 연구해볼 테니 며칠 후에 다시 한 번 방문해 달라고 했다.

며칠 후에 할리는 디자이너를 찾아갔다. 그리고 디자이너로부터 여러 가지 의견을 들은 후, 미완성된 스케치한 작품을 다시 작업실로 가지고 돌아와서 그 디자이너가 원하는 바대로 작품을 완성시켰다. 그렇게 완성된 할리의 작품을 디자이너는 두 말 않고 모두 구입했다. 디자이너는 자기가 필요로 하는 디자인을 스스로 창작하고 그것을 구매한 셈이었다.

할리는 이 일을 계기로 자신이 디자이너를 설득하는데 왜 실패를 거듭하였는지를 깨닫게 되었다. 그는 지금까지 작품을 구입하는 사람의 성향도 파악하지 못한 채, 무조건 자신의 디자인 작품을 판매하려고만 했던 것이다.

할리의 실패 경험에서 보듯이, 상대의 관점을 생각하지 않고 일처리를 하는 사람은 어떤 분야에서든 성공하기 어렵다. 어린아이도 자신의 의견을 무시한 채 일방적으로 강요하는 것에는 거부반응을 보인다는 것을 기억하라.

상대로 하여금 스스로 생각하게 한 후, 그의 관점을 파악하여 차분하게 논리적으로 설득해야 한다. 그렇지 않으면 상대로부터 신뢰를 얻을 수 없기에 자신이 목적하는 바를 못 이룰 확률이 높아질 수밖에 없는 것이다.

6

자신의 지지자로
만드는 비결

사람들은 자신이 돈을 많이 벌게 되면 다른 사람들로부터 신망을 받으며 행복한 삶을 살 수 있을 것이라고 생각하는 경향이 있다. 물론 돈을 많이 벌어 풍요롭게 사는 것은 한 편으론 부러운 일이 아닐 수 없다. 그러나 비윤리적으로 또는 정당하지 않은 방법으로 많은 돈을 벌어 풍요롭게 산다면 일부의 사람들에게는 부러움을 받으며 살 수 있을지는 모르겠으나 많은 사람들로부터 존중과 신뢰는 받을 수 없을 것이다. 왜냐하면, 세상에는 돈보다 소중한 의미를 갖는 것들이 많기 때문이다.

다른 사람으로부터 진심에서 우러나오는 존경과 신뢰를 얻기 위해서는, 다른 사람이 해내기 힘든 일을 이루어내는 뛰어난 능력도 중요하지만 그 능력을 바탕으로 이루어낸 능력과 부를 다른 사람들과 나눌 줄 아는 배려의 삶은 더욱 중요한 것이다.

세상에 독불장군은 없다는 말이 있다. 이 말의 의미는 어느 누구의 성공이나 부도 다른 사람들의 도움이 없이는 성립될 수 없다는 뜻이다.

배려심이 있는 사람은 상대방의 입장을 헤아려 이해하고, 궁금한 것을 물으면 자신이 아는 범위 내에서 친절히 알려주고, 상대의 발전을 위해 자신이 도움이 될 수 있다면 성의를 다하는 사람이다. 그런 사람을 누구라도 존중하지 않을 수 있겠으며 마음에서 우러나오는 신뢰를 보내지 않겠는가.

어느 남자가 탁월한 능력을 발휘하며 열심히 노력한 결과, 초고속으로 승진을 거듭하여 다른 사람들이 부러워하는 높은 자리에 오르게 되었다. 사람들은 그의 능력에 찬사를 보냈고, 부하직원들은 그에게 업무상 도움을 청하기도 했다.

그러나 그는 어느 누구와도 자신의 능력을 나누지 않았다. 시간이 지나면서 다른 사람들의 찬사를 받던 그의 능력은 이제 그에 대한 시기심과 질투심을 유발하는 경멸의 원천이 되었고, 주위 사람들은 점차 그를 멀리하게 되었다.

사람들은 대개 자신에게 뛰어난 능력이 있으면 자신을 따를 수밖에 없다고 생각하는 경향이 있다. 하지만 능력이 있다고 해서 자신을 존중하며 따를 것이라고 생각한다면 그것은 자만심이며 착각이다.

　　우리 주위에는 남다른 능력을 가지고 있음에도 다른 사람들로부터 존중받지 못하고 배척당하며 외로운 삶을 살아가는 사람이 있는 반면, 능력은 다소 뒤떨어지더라도 자신에게 주어진 일에 충실하고 다른 사람의 곤란을 자신의 어려움처럼 생각하는 사람이 많은 사람들로부터 신뢰를 받으며 행복한 삶을 사는 사람들을 볼 수 있다. 이처럼 사람은 물질적인 것과는 상관없이 마음의 힘이 되어 주는 사람에게 고마움을 느끼며 무한한 신뢰를 보낸다.

　　만일 며칠을 고민해서 낸 자신의 아이디어를 직장상사가 건성으로 검토하거나 심지어 자신의 것으로 둔갑하여 상부에 보고를 했다고 가정을 해보자.

　　이런 일을 당했다면 당신은 어떤 마음이겠는가?

　　그런 일을 당한 부하직원은 억울하고 분해서 잠을 이루지 못할 것이고, 그런 상사에게 제대로 반박도 하지 못하는 자신의 신세를 한탄하며, 친구를 붙잡고 술잔을 기울이며 하소연을 할지도 모른다. 아니면 중대한 결심을 하고 상사의 부당한 행위를 폭로하고 직장 문을 박차고 나올지도 모를 일이다.

사회생활을 하다보면 본의 아니게 억울한 상황에 처할 때가 있다. 그러나 그런 상황을 슬기롭게 넘기지 못하면 회복하기 힘든 위기의 시기를 맞을 수 있으며, 지금까지 쌓아온 신뢰를 잃을 수 있다.

　　이러한 상황의 좋은 예가 28대 미국 대통령 우드로 윌슨의 두터운 신임을 받았던 에드워드 W. 하우드 대령의 이야기다.

　　윌슨 대통령은 국내외 현안문제에 대해서 논의할 때마다 하우드 대령에게 도움을 청할 만큼 하우드 대령을 신뢰했다.

　　어느 날 윌슨 대통령은 하우드 대령과 어떤 문제에 대해서 논의를 하였는데, 하우드 대령은 자신의 의견을 허심탄회하게 윌슨 대통령에게 이야기를 했다. 하지만 윌슨 대통령은 하우드 대령의 의견을 수긍하지 못하여 반대하는 입장을 취했고, 두 사람은 논의를 거듭하였지만 해결책을 내놓지 못하고 논의를 끝냈다.

　　그런데 얼마 후 만찬자리에서 윌슨 대통령이 언론사 기자들과의 회견에서 발표한 내용은 며칠 전 윌슨 대통령과의 토론 자리에서 하우드 대령이 주장하는 내용과 일치했다. 하우드 대령은 놀라지 않을 수 없었다.

　　발표문을 낭독하는 대통령을 바라보던 하우드 대령은 당장이라도 "그것은 대통령의 의견이 아니라 저의 의견이었잖습니까?"라고 반박하고 싶었지만, 하우드 대령은 자신의 마음을 진정시키며 대통령의 발표를 조용하게 지켜보았다.

만일 하우드 대령이 그 자리에서 대통령이 발표한 내용이 사실은 자신의 의견이었다고 밝힌다면, 많은 언론들이 지켜보는 공식 자리에서 한 국가의 대통령을 망신 줄 뿐만 아니라 이제까지 국민들께 쌓아놓은 대통령의 신뢰도 무너질 수 있기 때문이었다.

하우드 대령은 마음속으로 생각했다. '오늘 대통령이 발표한 내용은 진정으로 그의 판단에 의한 대통령의 정책사항이다.'라고.

하우드 대령은 며칠 전에 대통령과의 토론자리에서의 대화 내용을 자신의 기억 속에서 완전히 지워버리기로 다짐했다. 또한 하우드 대령은 모든 국민이 대통령의 정책을 지지할 수 있도록 자신에게 주어진 임무에 최선을 다했다. 그 일이 있은 이후, 윌슨 대통령의 하우드 대령에 대한 신뢰의 끈은 더욱 단단하게 이어질 수 있었다.

7

단점을 깨닫고 개선하여
장점으로

우리는 대개 누군가의 말하는 모습과 행동을 보고 그 사람의 품성을 평가한다. 그리고 자신이 평가한 첫 인상에 대한 인식을 좀처럼 바꾸려 하지 않는 경향이 있다. 왜냐하면 자신의 사람 보는 직관을 믿고 싶기 때문이다.

"저 사람은 내가 보증할 수 있어. 믿을 수 있는 사람이지."

"내가 사람 보는 눈은 정확해. 내 눈은 속일 수 없지."

이러한 사람의 심리를 악용하여 사람들을 속이는 범죄를 저지르는 이들이 있다. 사기꾼들이다. 사기꾼은 선량한 사람을 속이기 위해 품위 있는 행동 그리고 유창한 말과 유머를 거의 완벽하게 보이도록 구사한다. 왜냐하면, 그들은 그러한 언행을 통해 신뢰를 얻어내야 상대를 감쪽같이 속이고 자신이 목적하는 것을 탈취할 가능성이 높다는 것을 잘 알고 있기 때문이다. 사기꾼들은 정말 치열하게 사람의 마음을 얻기 위해 거짓된 말과 품위 있고 세련된 행동이 숙달되도록 연습을 거듭한다.

그러나 사기꾼처럼 사람을 속이기 위한 것이 아닌, 진정 사람들의 신뢰를 얻기 위해 좋은 품성을 갖추고자 노력하는 것은 정말 중요하고 필요한 일이다. 신뢰를 얻기 위해 반드시 갖추어야할 품성으로 우선 바르게 말하는 습관과 품위 있는 행동을 꼽을 수 있다.

행동은 자신이 평소 품격을 갖추고 있다고 생각하는 누군가를 롤 모델로 정하여 그 사람을 닮기 위해 노력한다면 어느 정도 가능할 수 있는 일이지만, 이미 몸에 배인 언어습관은 좀처럼 바꾸기가 쉽지 않다. 그러기에 좋지 않은 언어습관을 고치기 위해서는 자신의 말을 하는 품세, 말의 강약 조절, 말버릇 등을 객관적으로 파악해서 개선할 수 있도록 노력해야 한다.

언어습관을 객관적으로 파악하기 위해서는 다른 사람의 조언을 듣는 것이 가장 좋은 방법이지만 매번 누군가를 붙잡고 물어볼 수도 없는 문제이기에 그 방식에는 한계가 있을 수 있다. 그렇다면 스스로 자신의 말하는 습관을 점검하는 방법 중 가장 효과적인 방법으로 직접 녹음을 하여 들어보는 좋은 방법이 있다. 녹음을 한 자신의 소리를 직접 들어봄으로써 고쳐야 할 사항과 유의해야할 점 등을 객관적으로 확인할 수 있고 현실적으로도 큰 무리 없이 실천할 수 있는 방법이라고 할 것이다.

당신은 자신의 인생이 꼭 성공하기를 바라는가?

그렇다면 후회하지 않는 인생을 보내기 위해서 반드시 필요한 요소인 다른 사람에게 신뢰받는 사람이 되어야 한다.

자신의 인생이 성공하기 위해서 반드시 필요한 신뢰를 얻기 위해서는, 우선 자신의 스타일에 적합한 말하기 기법을 스스로 연구하여 그것을 끊임없이 연습해 보고 자신의 말하는 기술에 점수를 매겨 보라. 또한 밝은 목소리, 선명하고 정확한 발음, 품위 있고 매력적인 제스처도 상대방의 마음을 사로잡는 데 결정적인 역할을 한다. 그러므로 사람들에게 신뢰감을 줄 수 있는 화술을 구사하기 위해서는 목소리 표현과 몸동작에도 관심을 기울여야 한다. 그리고 때로는 열마디의 말보다 눈을 살며시 감는다든지 어깨를 한 번 으쓱해 보이는 것이 더 많은 의미를 상대방에게 전달하기도 한다는 것도 참고하여 연구할 필요가 있다.

데일은 이 문제에 대하여 의회의 한 의원과 한 여학생의 사례를 인간관계 개선 프로그램 강좌 수강생들에게 들려주었다.

스스로 자신이 자연스러운 화술을 구사한다고 생각하고 있는 한 정치인이 의회의 의원에 선출되었다. 그는 자신이 선거에서 승리한 요인으로 자신의 자연스러운 대중연설이 유권자들에게 친근감과 신뢰감을 주었기 때문이라고 생각하고 있었다.

그러던 어느 날, 청중들 앞에서 연설을 끝내고 연단을 내려오는 의원에게 한 노신사가 다가서며 물었다.

"의원님은 언제나 이렇게 연설을 하십니까?"

노신사의 말을 이해하지 못한 의원은 당황한 표정으로 노신사를 바라보며 공손하게 되물었다.

"아니, 어르신. 저의 연설에 무슨 문제라도 있습니까?"

"의원님의 연설은 너무 힘이 들어가서 자연스럽게 느껴지지가 않아요."

이제까지 자신이 자연스러운 대중연설을 한다고 생각했던 의원은 노신사의 이러한 지적에 깜짝 놀랐다.

남의 허물은 잘 보여도 자신의 허물은 잘 보이지 않는 것이 사람의 특성이다. 위 사례의 정치인과 같이 자신의 말하기에 대해서 대부분의 사람들이 스스로 깊이 생각해 보지 않았을 것이며 또한 그 것에 대한 절실한 필요성조차 느끼지 못했을 것이다. 의원의 연설에 대해 지적하는 노신사의 경우처럼, 누군가가 그것을 지적해 줄 때에야 비로소 자신의 언어습관의 장단점을 깨닫게 되고 새롭게 점검해

볼 수 있는 계기를 갖게 된다.

　신뢰감을 주는 언어습관을 갖추기 위해서는 우선 자신의 언행에 대한 장단점을 객관적으로 파악해야 한다. 자신이 어떤 식의 화술을 구사하는지도 모르면서 스스로 자신의 말하기 능력을 자신한다는 것은 말과 행동의 앞뒤가 맞지 않는, 그야말로 대단한 자가당착이라고 할 수 있다. 마치 구구단을 모르면서 수학을 잘하려고 하는 것과 같지 않은가.

　매사에 자신감이 없고 수줍음이 많은 소극적인 여학생이 있었다. 그 여학생이 학습 시간에 발표를 할 때마다 반 친구들은 답답하고 짜증이 났다. 왜냐하면 그 여학생은 고개를 숙인 채 작은 소리로 발표를 했기 때문이다.

　자세가 바르지 못하고 목소리에 자신감이 담겨있지 않으면 이야기를 듣는 사람은 이야기하는 내용이 진실이라 하더라도 그에게서 신뢰감을 느낄 수 없다.

　자신감은 어떤 주제에 대한 철저한 준비에서 나온다. 그러므로 누군가와 대화의 자리를 갖기에 앞서 자신이 이야기할 화제에 대하여 만반의 준비를 갖추는 것은 물론 꾸준한 연습은 반드시 필요하다. 그런 노력으로 숙련된, 강약이 잘 조절되고 또박또박한 설득력 있는 말에 사람들은 자연스럽게 그 사람에 대해 신뢰하는 마음이 우러나오는 것이다. 다시 여학생 이야기로 돌아가 보자.

어느 날 담임선생님은 학생들에게 자신이 좋아하는 음악에 대해 자유롭게 발표할 수 있는 시간을 마련해 주었다. 하지만 사실 이 발표시간은 담임선생님이 소극적인 학생에 대한 배려의 마음에서 마련된 시간이었다.

학생들은 자신이 좋아하는 가수와 음악에 대해 발표하면서 실제 가수 흉내를 내며 노래를 부르는 등 열정적으로 발표를 했다. 그럴 때마다 반 친구들은 책상을 두 손으로 두드리며 노래를 따라 부르기도 했다. 그런데 그 여학생이 발표할 차례가 되자 요란하던 반 친구들의 소리가 갑자기 조용해 졌다. 그 학생의 이야기가 지루하고 답답하다는 것을 이미 잘 알고 있는 반 친구들이었던 것이다.

반 친구들은 그저 친구의 발표가 빨리 끝나기만을 바랐다. 어떤 학생은 한창 재미있게 진행되던 발표 중간 지점에 그 여학생이 발표를 하도록 허락해서 분위기를 망치게 한 원흉이 선생님이라는 듯 선생님을 날카로운 눈초리로 처다보고는 자기혼자 "흥" 소리를 내고는 고개를 휙 돌리기도 했다.

그러나 그 여학생이 음악이야기를 시작하자 반 친구들은 깜짝 놀라지 않을 수 없었다. 평소 수줍음을 타며 개미 같은 작은 목소리로 발표하던 친구가 당당하고 큰 목소리로 자신이 좋아하는 음악에 대해 열정적으로 이야기를 하는 것이 아닌가.

항상 자신감이 결여된 작은 목소리로 발표를 하던 여학생이 지금까지의 이미지와는 다르게 자신감 넘치는 목소리로 당당하게 음악이야기를 발표하게 된 이유는 무엇일까?

그것은 자신의 소극적인 자세가 반 친구들과의 관계에서 불리하다는 것을 스스로 깨닫고 담임선생님께서 마련해 주신 음악이야기 발표를 기회로 삼아 수없이 연습을 한 노력의 결과였다.

여학생은 평소에도 관심이 있던 음악이야기에 대한 지식을 더욱 습득하고 분석 기획을 한 후의 연습 또 연습, 그리고 선생님의 배려가 어우러져 마침내 자신이 발표할 기회가 오자 연습으로 쌓이게 된 자신감으로 아무 거리낌 없이 반 친구들 앞에서 발표를 할 수 있었던 것이다.

이 이야기가 말해주는 바와 같이 사람은 누구에게나 장단점이 있을 수 있다. 따라서 자신의 단점이 무엇인지를 명확하게 알고 자신의 단점을 개선을 하기 위해 부단한 노력을 기울인다면 단점을 장점으로 승화시킬 수 있다. 또한 사람들은 누군가의 두드러지는 장점에 기꺼이 신뢰하는 마음을 보낸다.

5장

신뢰를 얻는 좋은 품성

1
사람의 마음을 움직이는 언어습관

／

언어를 사용하여 다른 사람의 신뢰를 얻어내는 것을 목적으로 하는 직업은 셀 수 없을 정도로 많지만 그 중에서도 논리적 언어를 구사하여 목표하는 바를 이루어내는 언어의 마법사로는 변호사를 꼽을 수 있다.

미국에서 명성을 날렸던 유명한 4대 변호사로는 에이브러햄 링컨, 스티븐 더글러스, 존 마샬, 그리고 다니엘 웹스터 변호사를 손꼽는다. 4대 변호사 중 다니엘 웹스터 변호사는 여러 면에서 사람의 마음을 움직이는 탁월한 능력을 가진 사람으로 유명했다. 특히 그는 배심원들이 판결을 결정해야 하는 중요한 시기에 특유의 설득력 있는 변론으로 배심원들의 신뢰를 얻어내는 변호사로 자신의 이름을 알렸다.

데일은 변호사 다니엘 웹스터의 '신뢰를 얻어내는 비결'를 연구하면서 그의 다음과 같은 뛰어난 점을 찾아낼 수 있었다.

우선 다니엘 웹스터는 외모 상으로 누가 보더라도 자기 관리에 철저한 사람이라고 생각될 정도로 단정하고 세련된 모습을 지니고 있다. 또한 그의 눈빛, 표정, 손짓과 제스처는 마치 사람의 마음을 조화롭게 연주하는 지휘자와 같았다. 그리고 그가 가진 또 하나의 장점은 목소리였다. 다정다감하며 온화하고 정감이 느껴지는 정확한 발음으로 상대에게 건네지는 그의 화법은 그 누구도 흉내 낼 수 없을 정도로 사람의 마음을 편안하게 해주었다.

데일이 다니엘 웹스터의 지난 변론 기록을 살펴본 결과, 변호사로서 그의 독특한 점을 발견할 수 있었는데 그는 재판정에서 변론에 임할 때 말머리를 특히 강조한다는 것이었다.

그는 변론의 시작을 주로 이렇게 시작한다.

"저는 먼저 배심원 여러분께서 결코 간과하지 않으시리라 믿고 있는 몇 가지 사실들을 변론에 앞서 말씀드리고자 합니다."

다니엘 변호사의 말을 들은 배심원들은 보다 관심을 집중하여 그의 변론을 경청하게 된다. 그리고 그는 배심원들을 존중하는 화법을 통해 실제로 자신의 주장에 신뢰를 더할 수 있도록 성의껏 변론에 임했다.

"무엇보다도 인간의 본성에 대하여 잘 알고 계시는 배심원 여러분께서는 당연히 이런 사실의 중요성을 깊이 인지하고 계실 것이라고 사료됩니다."

다니엘 변호사는 변론을 진행하는 내내 강한 어조로 자신의 주장을 밀어붙이지 않았으며, 목소리를 높이거나 주먹을 쥐는 등의 강력한 방식의 표현 기법 또한 거의 사용하지 않았다.

이와 같은 변호사의 변론을 들은 배심원들은 다니엘 변호사의 부드러운 말투와 명확한 논리 전개, 맑고 온화한 목소리에 배심원들이 느끼는 신뢰감은 한층 높아질 수밖에 없었다.

데일은 또한 다니엘 웹스터 변호사가 미국 최고의 변호사 중 한 사람으로 손꼽히게 된 근본적인 이유를 분석하였는데, 우선 다니엘 웹스터는 '다른 사람에게 자신의 의견을 강한 어조로 주장하거나 강요하지 않았다.'는 점을 강조했다.

이렇듯 사람은 누군가에게서 무엇인가 좋은 점을 발견하면 무작정 그를 신뢰하고 싶어 하는 마음이 자기도 모르는 순간에 움튼다. 그러므로 다니엘 웹스터 변호사와 같은 자상하고 온화한 말투 그리고 우호적이며, 상대를 존중하는 태도는 우리가 배워야할 신뢰를 얻는 좋은 비결이라고 할 수 있다.

2
잘못을 인정하는 사람을
신뢰한다

/

── /

"죄송합니다. 그 일은 제가 잘못한 것입니다."

자신의 잘못을 솔직하게 인정하는 사람에게 얼굴을 붉히며 그 사람의 실수나 잘못을 심하게 추궁하는 사람은 많지 않을 것이다. 오히려 자신의 잘못을 인정하는 사람을 향해 이렇게 말할 것이다.

"괜찮습니다. 오히려 제가 더 미안합니다. 당신에 대한 저의 믿음은 변함이 없습니다. 진정으로 당신을 신뢰하고 있으니 걱정하지 마세요."

자신의 어떤 실수나 잘못으로 인하여 피해를 본 사람이 변함없이 자신을 신뢰한다고 하면 어떤 기분이 들까?

이러한 일들이 우리들의 일상생활에서 얼마나 빈번하게 일어나는 일인지를 알게 된다면, 우리들은 인간관계의 원리에 대해 "아, 그렇구나."하며 무릎을 치지 않을 수 없을 것이다.

우리는 대개 다른 사람에게 신뢰를 얻는다는 것을 '무엇인가를 잘하고 잘 보여서'라고 생각하는 경향이 있다. 하지만 이제부터는 '실수를 하거나 잘못을 저질렀을 때'에도 상대가 변함없이 자신을 신뢰할 수 있도록 하는 비밀이 숨겨져 있다는 것을 깨달을 할 필요가 있다.

인간관계 전문가인 데일은 위와 같은 사례를 직접 실험을 통해 경험을 한 사람이다. 데일은 일반 시민들이 가까이 하기를 꺼려하는 경찰관에게 자신의 이러한 생각, 즉 '실수를 하거나 잘못을 저질렀을 때'에도 신뢰를 얻는 방법을 직접 실험해 보았다. 그의 경험담을 알아보자.

데일의 집에서 멀지 않은 곳에는 태고의 원시림을 그대로 옮겨 놓은 것 같은 그야말로 자연이 잘 보존된 수목원이 위치해 있었다. 수목원은 봄이면 산딸기가 하얀 꽃을 피워 올리고, 숲속 이곳저곳에서는 다람쥐 가족이 새끼들의 재롱을 보며 함께 어울려 지내는 모습을 자주 목격할 수 있는 곳이었다. 때문에 이 지역에 사는 시민들은 이 수목원을 콜럼버스가 신대륙을 발견할 당시와 별로 다를 바가 없을 만큼 원시림이 잘 보존된 아름다운 곳이라고 말하며, 이 지역에 사는 것을 자랑스럽게 여긴다고 이야기한다.

데일은 자신이 아끼는 애완견 렉스와 함께 자주 이 수목원을 찾아 산책을 했다. 렉스는 보스턴 태생의 불도그로 덩치는 매우 크지만 사람을 잘 따르는 온순한 순종 애완견이다.

데일은 렉스와 함께 자주 수목원을 산책하였지만 경찰관이나 공원 관리원과 마주친 적이 아직까지 없었기 때문에 애완견 렉스에게 마스크를 씌우거나 목줄을 해야 할 필요성을 느끼지 못했다.

그러던 어느 날, 수목원으로 산책을 나온 데일과 렉스는 수목원의 한적한 길목에서 말을 타고 순찰을 돌고 있는 경찰관을 우연히 만나게 되었다. 데일과 렉스를 마주한 경찰관은 단호한 목소리로 명령하듯 말했다.

"잠깐, 멈추시오!"

경찰관은 말을 탄 채로 데일과 렉스를 날카로운 눈빛으로 바라보며 말했다.

"수목원에서는 개에게 마스크와 목줄을 사용해야 한다는 걸 모르십니까?"

"예?"

데일은 깜짝 놀라며 경찰관을 바라보았다. 경찰관은 다시 한

번 데일에게 말했다.

"개에게 목줄과 마스크를 하지 않고 다니면 위법행위라는 걸 모르십니까?"

경찰관은 다시 한 번 데일에게 법을 위반했다는 사실을 고지했다.

"아, 경찰관님. 물론 알고 있습니다만, 렉스는 매우 온순하고 말을 잘 들어서 아무런 피해가 되지 않을 것이라고 생각했습니다."

데일은 공손하게 경찰관을 바라보며 부드럽게 말했다.

"뭐라고요? 일반 시민이나 아이들 그리고 이 곳에서 살고 있는 동물들에게 피해를 주지 않을 거라고요? 법이 당신이 생각하는 것처럼 그렇게 주관적일 거라고 생각하는 겁니까? 저렇게 몸이 큰 개는 언제 다람쥐를 물어 죽이거나 심지어는 아이를 무는 사고를 저지를지 모르지 않습니까?"

데일은 할 말이 없었다. 렉스도 경찰관의 눈치를 보는 듯 고개를 땅바닥에 숙인 채 혀를 날거리며 물끄러미 주인과 경찰관의 눈치를 살피고 있었다.

"좋소. 이번은 처음이니, 훈방조치를 하겠습니다. 하지만 저 개에게 또다시 마스크나 목줄 없이 돌아다니는 것이 적발된다면, 당신은 분명히 법의 판결을 받게 될 것임을 알립니다. 아시겠습니까?"

"네, 알겠습니다."

데일은 경찰관에게 잘 알겠다며 약속을 했다. 그 후 데일은 산책을 하며 렉스에게 마스크와 목줄을 했다. 하지만 데일은 온순하고 사랑스런 렉스에게 마스크를 씌우고 싶지 않았다.

데일은 생각했다. '오늘부터는 렉스에게 목줄과 마스크를 하지 않고 산책을 데리고 가서 경찰관을 만난다면, 한 번 부딪쳐 보기로 하자.'

데일이 이러한 생각을 하게 된 이유는, 렉스에게도 수목원의 상쾌한 공기를 마음껏 마시게 하고 싶었기 때문이다. 그래서 경찰관과의 약속은 얼마 지나지 않아서 지킬 수 없게 되었다.

데일은 다시 렉스에게 목줄과 마스크를 씌우지 않은 채 수목원 산책길에 동행하였고 얼마 동안은 경찰관을 마주치는 일없이 렉스와 함께 즐겁게 산책을 할 수 있었다. 그러던 어느 날, 데일과 렉스는 드디어 경찰관과 마주치게 되었다.

경찰관과 마주친 데일은 갑자기 수목원 입구 쪽의 언덕을 향해 렉스와 함께 달려갔다. 데일과 렉스가 숨을 헐떡이며 언덕 앞에 다다르자, 뒤를 쫓아온 적갈색 말을 탄 경찰관이 앞을 가로막았다. 데일은 꼼짝없이 법을 어긴 현행범이 된 것이다.

그때, 데일은 경찰관이 말을 하기 전에 선수를 치며 말을 꺼냈다.

"어이쿠, 이런! 저를 현행범으로 체포하셨군요. 저는 틀림없이 법을 어겼습니다. 법을 어겼으니 그 어떤 변명도 하지 않겠습니다."

순간 경찰관은 데일을 바라보며 의아한 표정을 지었다. 그 틈을 놓치지 않고 데일은 말을 이었다.

"경찰관님께서는 저에게 또다시 렉스에게 마스크를 씌우지 않거나 목줄을 하지 않고 수목원을 돌아다니면 법의 심판을 받게 될 거라고 하셨지요?"

"그렇게 말하긴 했습니다만……"

법을 어긴 데일이 스스로 자신의 잘못을 시인하자, 경찰관은 약간 당황한 표정으로 좌우를 살핀 후에 슬며시 말에서 내렸다.

"그랬지요. 내가 그렇게 말을 했지요. 하지만 저렇게 온순해 보이는 불도그라면 아무리 덩치가 크다고 해도 사람의 발길이 뜸한 한적한 시간에 밖으로 데리고 나와서 마음껏 달리게 하고 싶은 유혹이 생길 것 같군요."

경찰관은 오히려 데일을 옹호하는 듯 부드럽게 말했다. 그러자 데일은 계속 자신의 잘못을 탓했다.

"사실 경찰관님 말씀처럼 저도 그런 유혹에 못 이겨서 렉스를 데리고 산책을 나오기는 했습니다. 하지만 저는 분명 위법행위를 한 것이죠."

그러자 이번에는 경찰관이 렉스의 머리를 쓰다듬으며 말했다.

"하지만 뭐, 이것 보세요. 이렇게 온순한 불도그가 누구에게 해를 끼칠 정도는 아니잖습니까?"

자신의 잘못을 먼저 순순히 고백하는 데일에게 경찰관은 오히려 이의를 제기하기 시작했다.

"자, 당신은 이 문제를 너무 심각하게 생각하는 것 같군요. 그렇다면 이렇게 하면 어떻겠습니까? 저기 보이는 언덕 너머 저편까지 개와 함께 힘껏 달려가 보세요. 그러면 내 눈에도 띄지 않고 그럼 우리 모두는 이 일을 잘 처리할 수 있지 않겠습니까?"

데일은 속으로는 쾌재를 부르고 있었지만 부드러운 눈빛으로 경찰관을 바라보며 말했다.

"정말이오? 그럼 경찰관님도 후회하지 않겠습니까?"

"물론이오. 어서 렉스와 함께 한번 뛰어가 보시죠."

데일은 경찰관에게 고개를 숙이며 고맙다는 인사를 하고 렉스와 함께 언덕 너머에 있는 약수터까지 환호성을 지르며 뛰어갔다.

어떻게 이런 일이 벌어지게 된 것일까? 왜 경찰관은 자신이 한 말을 어기고 분명 법을 어긴 데일에게 관용을 베푼 것일까?

그것은 바로 솔직하게 자신의 잘못을 고백한 사람에게 느끼게 되는 '포용력의 욕구'가 경찰관에게 작동되었기 때문이다.

경찰관 또한 인간이기 때문에 자신이 스스로 중요한 사람이라는 느낌을 갖게 될 때, 즉 누군가 고개 숙여 자신이 잘못한 것에 대한 용서를 구할 정도로 자신이 누군가를 벌할 수도 있고, 용서할 수도 있는 심판관이 되었다는 느낌을 갖게 될 때에는 '포용력의 욕구'가 움트는 것이다.

　사람은 아랫사람에게, 자신이 가르치는 학생들에게, 자기와의 약속을 어긴 사람에게 자신이 은혜를 베풀 수 있는 위치에 있다는 자부심과 더불어 스스로 자신의 포옹력을 만족시킬 수 있도록 하기 위해 '관용의 마음'을 베풀어 주고 싶은 마음이 생기는 것이다. 그러므로 자신의 실수나 잘못한 일을 솔직히 반성하며 용서를 구하는 것은 상대의 신뢰를 꼭 쥐게 되는 비결이 될 수 있는 것이다.

3

자신의 잘못을
인정할 수 있는 용기

서비스업 또는 어느 곳에 소속되어 있지 않으면서 고객의 일을 자유 계약으로 위탁받아 처리하는 프리랜서(free-lancer) 중에는 간혹 자신에게 일을 의뢰한 사람과의 견해가 달라서 일을 원활하게 끝맺음을 맺지 못하는 경우가 있다.

"아니, 이건 내가 원했던 색감이 아니잖아요."

"수준이 떨어져서 납품을 받기가 어렵겠는데요."

하지만 이제 이러한 상황이 생길지라도, 크게 걱정할 필요까지는 없을 것 같다. 의사소통이 까다로운 사람을 만날 때에도, 우리는 신뢰를 얻는 비결을 통해 원만하게 일을 처리할 수 있는 방법을 배울 것이기 때문이다. 그것은 바로 자신을 엄격하게 꾸짖는 방법이다.

하지만 이 방법은 앞장에서 데일이 애완견 렉스와 함께 겪은 경험처럼 자신의 잘못을 있는 그대로 시인하는 방법과는 달리, 자신의 잘못이 명확히 드러나지 않을 때거나 상대가 어떤 오해를 하고 있다고 판단될 때에 사용할 수 있는 방법이다.

데일은 이러한 상황에서 신뢰를 얻어낸 뉴욕에서 상업미술가로 일하고 있는 프리랜서 페르디난도 워렌의 사례를 수강생들에게 이야기 했다.

워렌은 자신에게 패키지 디자인을 의뢰한 통조림회사 크라이언트 사의 담당자와 작품 시안을 검토하기로 약속된 날, 담당자와 마주 앉았다. 그런데 크라이언트 사의 담당자는 워렌이 제시한 시안용 출력물을 확인하고는 자신이 원하는 색감이 아니라며 워렌을 향해 불평을 늘어놓기 시작했다.

"워렌 씨, 아무리 시안용이라고 해도 이 디자인은 붉은 색감이 너무 약해서 우리 제품의 이미지와는 전혀 맞지 않는 것 같군요."

"아, 예. 지금 담당자님께서 보기에는 그렇게 보이는 것이 당연합니다. 인쇄의 다양한 색감을 나타내기에는 프린터 출력의 기계적인 한계가 있습니다. 그래서 프린터로 출력한 시안은 전문적인 옵셋 인쇄 기계에서 출력되는 색감보다 떨어지게 보일 것입니다."

워렌은 시안용 샘플의 색감이 그저 프린터의 기계적인 한계 때문일 뿐이라고 해명했지만 크라이언트 사의 담당자는 계속해서 워렌의 말을 이해할 수 없다는 듯이 말했다.

"아니, 시안용이라면 인쇄물의 색상과 동일해야 되는 것이 당연한 것 아닌가요?"

워렌이 다시 설명을 할 필요를 못 느낄 정도로 크라이언트 사의 담당자는 옵셋 인쇄 색감과 시안용 프린터 샘플의 색감 차이를 이해하지 못했던 것이다.

"그렇다면 담당자님, 저에게 시간을 좀 더 주십시오. 그러면 원하시는 색감을 보여드리도록 하겠습니다."

며칠 후, 워렌은 실제 완성된 인쇄물과 색감이 완벽하게 일치되는 디자인 출력물을 담당자 앞에 제시했다. 그제서야 크라이언트 사의 담당자는 "이제 제대로 된 색감이 나왔군요!" 하며 워렌에게 오케이 사인을 보냈다.

워렌은 이와 같은 상황, 즉 담당자가 잘못 알고 있는 것을 디자이너가 이해시키려고 하거나 가르치려고 하면 꼭 문제가 발생했다는 것을 경험을 통해 알고 있었다. 따라서 이런 경우에는 담당자의 의견을 존중하며 상대의 뜻을 따라주는 것이 최상의 방법이다. 그리고 별다른 문제없이 담당자를 설득할 수 있었던 것은 워렌은 상대의 입장에서 생각을 할 수 있는 디자이너라는 것이다.

데일은 워렌이 담당자를 무리 없이 설득할 수 있었던 것에 대하여 수강생들에게 다음과 같이 말했다.

"크라이언트 사의 담당자와 같은 경우는 여러분도 일을 하다보면 언제나 생길 수 있는 상황일 것입니다. 우리가 일을 통해 만나는 사람 중에는 일의 결과를 쉽게 인정하고 수월하게 넘기는 사람이 있는 반면, 유난히 까다롭게 일을 처리하는 사람도 만날 수 있지요. 하지만 여러분이 정말 유의해야 할 부류의 사람이 있습니다. 예를 들면, 어떤 사람들은 자기들이 위탁한 일을 '빨리빨리 좀 해 주시오', '지금 당장 바로요' 라고 하며 즉시 처리해 주길 원합니다. 하지만 워렌의 일과 같이 창의성을 절대적으로 필요로 하는 일은 특성상 기계처럼 쉬지 않고 돌린다고 더 많이, 그 즉시 해낼 수 있는 일이 아닙니다. 때문에 자신의 일의 특성을 명확하게 파악하는 것이 매우 중요합니다. 일을 빨리 처리해도 되는 일인지 아닌지를 말입니다.

하지만 간혹 자유 계약 프리랜서(free-lancer) 중에는 '빨리빨리', '지금 당장'이라며 일을 재촉하는 주문자와 마주쳤을 때 다른 일은 미뤄두고 그 일을 먼저 처리하는 경우가 있습니다. 하지만 이런 상황에서 반드시 명심해야 할 것은, 급하게 일을 처리하다 보면 실수하는 일이 생기는 것은 당연하다는 것을 기억하기 바랍니다. 더 큰 문제는 결코 사소하게 넘길 일만 생기는 것이 아니라는 것입니다."

데일은 또 하나의 사례를 수강생들에게 들려주었다.

프리랜서로 상업디자인 일을 하는 칼 로저스는 유명한 미술관의 미술감독을 지낸 사람으로부터 디자인을 의뢰받고 디자인 작업을 시작했다. 그런데 그 미술감독은 사소한 일에 대해서 항상 꼬투리를 잡기로 미술업계에선 소문이 난 사람이었다.

로저스는 그의 사무실을 나올 때마다 불쾌한 기분을 느낄 때가 많았다. 원인을 곰곰이 생각해 보니, 그것은 미술감독의 일에 대해서 지적하는 방식 때문이라는 것을 알게 되었다.

로저스는 위탁받은 디자인 일을 완성한 후, 미술품을 전문적으로 배달하는 사람에게 자신의 디자인 작품을 전달하도록 했다. 로저스의 디자인을 전달받은 미술감독은 로저스가 작업한 디자인 작품을 한동안 바라보더니 곧 전화기를 들고 로저스에게 전화를 했다.

"로저스, 이거 보통문제가 아닌 것 같군요. 지금 당장 이쪽으로 와주면 좋겠소."

로저스가 미술감독의 사무실에 도착하자 걱정했던 일이 벌어졌다.

"로저스, 이거 일이 잘못돼도 크게 잘못된 것 같소."

미술감독은 신랄한 어조로 로저스의 디자인 작품에 손가락질까지 하며 비난을 쏟아 붓기 시작했다. 로저스는 자신이 작업한 디자인을 바라보며 조용히 그의 말에 귀를 기울였다.

"도대체 왜 이렇게까지 되었는지 이해가 안 되는군요!"

그는 디자인 작품과 로저스를 번갈아 바라보며 화를 내기도 했다. 조용히 듣고 있던 로저스는 미술감독의 말이 끊어지기를 기다렸다가 잠시 침묵이 흐르자 입을 열었다.

"저의 실수에 대한 변명은 하지 않겠습니다. 이번에는 제법 디자인이 잘되었다는 생각이 들었는데, 아직도 제가 한 일이 마음에 들지 않으시다니 저의 미숙함이 참으로 부끄럽군요."

로저스는 변명은 하지 않지 않았다. 대신 스스로 자기비판을 하듯이 낮은 자세로 이야기를 했고 더욱 공손한 태도로 일관했다. 그러자 어느 순간 로저스를 바라보던 미술감독의 표정이 흔들리기 시작했다. 그리고는 로저스가 말을 꺼내기도 전에 미술감독은 로저스를 옹호하고 나서기 시작했다.

"아, 물론 그래요. 누구나 실수는 할 수 있지요. 이번 작품은 그렇게 큰 실수를 한 것은 아니라고 생각해요. 다만……."

그 순간! 상대방이 자신에게 관대함을 보이려는 바로 그 순간을 로저스는 포착했다.

"저의 실수를 저 스스로도 용납하기 어렵군요. 아직도 저는 미숙한 것이 많은 사람입……."

미술감독은 황급히 로저스의 말을 가로채며 말했다.

"아……, 너무 그럴 필요까지야……."

로저스는 더욱 고개를 숙이고 공손하게 말했다.

"하지만 감독님. 이것은 제 스스로 용납할 수 없습니다. 디자인 작업에 쏟은 열정만 간직하고 이번 디자인 작품을 위해 사용된 모든 비용은 청구하지 않는 것으로 하겠습니다."

로저스의 말을 가만히 듣고 있던 미술감독은 순간 할 말을 잊은 듯 난감한 표정으로 로저스를 바라보았다.

로저스는 탁자 위에 놓여 있는 자신의 작품을 들고 그의 사무실을 나왔다. 사무실을 나오는 로저스의 입가에 미소가 번지기 시작했다. 꼬투리를 잡기로 소문난 미술감독과의 승부에서 자신의 대응방법이 이겼다고 생각되었기 때문이었다.

그 후 미술감독은 몇 번이나 사과의 메시지를 로저스의 전화에 남겼다. 그리고 로저스가 전화를 받자, 미술감독은 이렇게 말했다.

"로저스, 그냥 그 디자인 작품을 보완해서 사용하면 안 될까요?"

미술감독은 급기야 로저스의 사무실로 찾아왔다. 로저스는 드디어 일을 마무리할 기회가 왔다고 생각했다. 로저스는 차를 끓여 대접하며 마지막 회심의 카드를 시도했다.

"감독님, 감독님께서는 그동안 저에게 소중한 일감을 많이 주셨습니다. 이번 일도 그중 하나로 제가 당연히 감독님의 마음에 들도록 디자인 작업을 해야 했습니다. 그러니 이 디자인 작품은 다시 새롭게 작업하여 드리도록 하겠습니다."

"아니오! 괜찮아요. 로저스 씨."

미술감독은 로저스의 두 손을 잡으며 말했다.

"당신에게 그런 수고를 끼칠 생각은 아니었소. 여기를 보시오. 오히려 이런 부분은 훌륭하지 않소? 그러니 조금 수정을 해서 이 작품을 사용하도록 합시다."

미술감독은 로저스의 디자인 작품을 쳐다보며 칭찬할 부분을 손가락으로 가리키면서까지 로저스를 안심시키려고 노력했다.

로저스는 자신의 이러한 경험을 인간관계 개선 프로그램 수강생들 앞에서 발표했다.

"제가 이런 행동을 시도하게 된 것은, 변명만으로는 그 미술감독의 트집을 도저히 꺾을 수 없다고 생각했기 때문입니다. '그렇다면 좀 더 고개를 숙여보자'는 생각으로 시도한 미술감독과의 한판 승부였다고나 할까요.

저는 난생 처음으로 내 자신을 스스로 꾸짖으면서도 마음속으로는 매우 신이 났습니다. 상대방의 화를 누그러뜨리게 한 것은 물론, 상대방이 오히려 미안해하기까지 했다니까요. 꼭 상대를 굴복시켜야만 이기는 것이 아니라는 것을 새삼 깨닫게 되었죠. 지는 것이 이기는 경우도 있다는 것을 알게 되었습니다."

불가피한 클레임이나 불편사항을 대했을 경우에도 그 상황을 어떻게 대처하느냐는 자세에 따라 상대방에게 신뢰를 얻어낼 수 있다. 그런데 한 가지 반드시 명심해야 할 것은 '진정으로 자신의 실수나 잘못을 인정할 수 있는 마음'이 전제되어야 한다는 것이다. 어떤 일에 대하여 진정으로 자신의 실수나 잘못을 인정할 수 있는 용기를 가진다면, 상대방에게 비난보다는 신뢰를 기대해도 좋을 것이다.

4
공과 사를 구별하라

/

어떤 분야에서든 어느 정도의 위치에 오르면 본의가 아니라도 각종 유혹과 청탁을 받게 될 수 있다. 개인적인 인간관계가 전혀 없는 사람의 청탁이라면 단호하게 거절할 수도 있겠지만 개인적으로 친분관계가 있는 사람의 부탁을 거절하는 것은 쉽지 않은 것이 사실이다.

친분이 있는 사람의 청탁을 단호하게 거절하지 못하는 이유는, 그로 인해 그 사람과 쌓아온 인간관계에 좋지 않은 영향이 미치지 않을까를 걱정하기 때문인 경우가 많다. 하지만 이를 두려워하여 정당하지 못한 유혹이나 청탁을 받아들여서는 안 된다.

공과 사를 구분하는 것조차 판단하지 못하는 사람을 그 누가 신뢰하고 따를 수 있겠는가.

사람은 외롭거나 힘들 때 자신이 알고 있는 누군가의 도움을 원하고, 또한 상대의 곤란에 도움을 주기 위해 마음을 쓰는 것은 인간관계의 기본적 이치라고 할 수 있다. 물론 누군가에게 물질적 혹은 심적으로 도움을 줄 수 있다면, 상대의 호감과 신뢰를 얻는데 이보다 효과적인 방법은 흔치 않을 것이다.

그러나 공적인 힘을 이용한 도움은 오히려 역효과를 불러올 수 있다는 것을 명심해야 한다. 누구라도 공과 사를 구분하지 못하는 사람에게 변함없는 신뢰를 보내지 않을 것이기 때문이다.

공적인 일을 하는 사람에게 청탁을 한 사람이 서운한 감정을 갖는 것은 대개 잠시의 서운한 감정일 뿐이다. 왜냐하면 그 순간이 지나면 자신이 정당하지 않은 무리한 부탁을 했다는 생각을 스스로 깨달을 것이기 때문이다. 만일 청탁을 거절당한 것에 대한 원망을 가슴에 담아두고 여기저기 안 좋은 말을 하는 사람이 있다면, 그 사람의 부탁을 거절한 것은 정말 잘한 일이라고 할 수 있다. 왜냐하면 그런 사람과는 돌이킬 수 없는 인간관계 상태가 되더라도 다시는 사적인 친분관계로 만나지 않는 것이, 앞으로 더욱 크게 돌이킬 수 없는 일을 예방하는 최선의 방법이기 때문이다.

사람들에게 존경을 받고 후대에까지 그 이름이 회자되는 사람들의 공통점은 공과 사를 잘 구분하는 사람들이었다는 것이다. 사적으로는 형제나 친구처럼 살갑게 대하지만, 공적인 선은 분명하게 그었던 것이 그들의 특징이다. 그런 사람들 중 제 27대 미국 대통령을 역임했던 윌리엄 하워드 태프트는 공과 사가 분명하기로 유명했다.

태프트 대통령은 사적으로 친분이 있는 한 부인으로부터 자신의 아들을 어느 주요보직에 앉혀달라는 부탁을 받고 있었는데, 하루가 멀다 하고 찾아오는 그녀 때문에 골머리를 앓고 있었다.

그녀의 남편은 정계에서 막강한 영향력을 행사하는 실력자였다. 그래서 그녀는 상·하 의원들에게도 도움을 청하는 한편, 최종 임명권자인 대통령에게까지 물밑 작업을 펼치고 있었던 것이다.

그러나 태프트 대통령은 그녀의 청탁을 외면하고 해당 부처 책임자의 추천을 받아 다른 사람을 그 자리에 앉혔다.

얼마 후, 태프트 대통령에게 그녀로부터 편지가 왔다. 편지에는 대통령을 원망하는 글로 가득했다. 그녀는 대통령이 마음만 먹는다면 쉽게 자신의 아들을 부탁하는 자리에 앉힐 수 있었음에도 그리하지 않았다고 대통령을 비난하는 내용과 대통령 선거 당시 자신의 남편이 태프트 대통령 후보의 당선을 위해 얼마나 헌신했는지를 모르냐며 은혜도 모르는 사람이라고 악담에 가까운 편지에 보내왔던 것이다.

태프트 대통령은 그녀의 청탁을 거절했다는 이유로 은혜를 원수로 깊은 사람이 된 것이다. 편지를 읽어본 태프트 대통령은 그녀의 무례함을 반박하는 편지를 써서 호되게 혼내주고도 싶었지만 그는 자신의 화를 즉시 풀어내버리는 경솔한 사람이 아니었다.

태프트 대통령은 며칠이 지난 후에 다시 읽어보자는 생각에 자신의 책상 서랍에 편지를 넣어두었다. 분노하는 마음을 가라앉히고 냉정을 되찾는 시간을 갖기 위해서였다.

며칠 후, 다시 편지를 읽은 태프트 대통령은 그때 비로소 펜을 들어 가능한 친절하게 글을 써내려갔다. 편지의 내용은 다음과 같다.

『부인이 실망한 것은 충분히 이해할 수 있습니다. 하지만 인사 문제는 대통령이 단독으로 결정할 수 있는 일이 아닙니다. 국정을 잘 이끌어나가기 위해서는 요소요소의 자리에 그 분야의 전문적인 지식과 기술을 가진 사람이 필요합니다. 때문에 오랫동안 그 분야의 전문가인 국장의 추천을 받은 사람을 부인이 부탁한 자리에 앉히게 되었습니다. 그리고 부인 아들의 현재 직위도 국가적으로 매우 중요한 자리라는 것을 믿어 의심치 마시기 바랍니다. 부인의 아들을 멀리서나마 마음속으로나마 지켜보겠습니다.』

만일 태프트 대통령이 부인의 부탁을 들어주었다면, 그녀를 기쁘게 해주었을지는 모르지만 대통령으로서의 자격을 의심받아 많은 사람들로부터 존경과 신뢰를 받을 수 없었을 것이다.

어느 사회에서나 신뢰받는 사람이 되기 위해서는 공과 사의 분명한 선을 지켜야 한다. 더욱이 개인적인 친분이 있는 사람의 사적인 청탁은 단호하게 거절해야 한다. 청탁을 거절함으로써 상대에게는 비인간적이고 냉정하다는 느낌을 줄 수 있겠지만 그 감정은 일시적일 감정일 뿐이다. 신뢰의 끈이 변함없이 유지되기 위해서는 공과 사가 분명해야 한다.

5

섣부른 충고는
반발심을 키운다

/

사람들은 누군가 실수를 하거나 잘못을 저질렀을 때, 대개 자신이 그 사람보다 우월한 존재인 양 상대에 대해서 비평을 하거나 잔소리를 늘어놓는다. 간혹 냉철한 비평이나 비난이 상대에게 좋은 영향을 주는 경우도 있지만 대개는 반발심을 불러일으키게 된다.

이에 대해 미국의 사업가인 존 워너메이커는 이렇게 말했다.

"다른 사람을 나무라는 것만큼 어리석은 일은 없다. 왜냐하면 인간은 어느 누구도 완전하지 못한 존재이기 때문이다."

존 워너메이커와 같은 일부 현명한 사람들은 스스로 자신이 완전하지 못한 존재라는 사실을 일찍 깨닫고 겸양을 실천하는 삶을 살았지만 대다수의 사람들은 이러한 진실을 뒤늦게 깨닫거나 심지어 자신의 생이 다할 때까지 이러한 인간관계의 비결을 모르는 채 자신에게 주어진 삶을 채우는데 급급한 경우가 많다.

인간은 자신이 아무리 큰 잘못을 저질렀을지라도 대개는 스스로 자신의 행위가 나쁘다고 생각하지 않는 마음을 지니고 있다.

뉴욕 범죄 역사상 가장 포악한 살인범으로 불리는 크로레가 그 대표적인 경우라고 할 수 있다.

1931년 5월 7일 뉴욕에서는 연쇄 살인범 크로레를 생포하기 위한 경찰의 체포 작전이 펼쳐졌다. 좀처럼 세상에 자신의 흔적을 남겨놓지 않고 마치 연기처럼 사람들의 눈을 피해 다니던 크로레가 자신의 애인이 살고 있는 웨스트앤드 가의 아파트로 숨어들었다는 정보가 수사망에 포착되었던 것이다.

크로레를 생포하기 위해 150여 명의 경찰은 그가 숨어있는 아파트의 위층을 점거하고 천정 벽으로 구멍을 뚫어서 최루가스를 투하하여 살인범을 사로잡으려고 했다. 또한 돌발적인 사태에 대비하여 주변의 빌딩 옥상에는 기관총을 든 경찰들을 대기시켜 놓고 있었다.

한 시간여의 작전 끝에 연쇄 살인범 크로레는 생포되었다. 그를 생포한 뉴욕 경찰은 크로레를 뉴욕 범죄 사상 유래를 찾아볼 수 없을 만큼 사소한 동기만으로도 무자비하게 연쇄적으로 살인을 저지른 흉악범이라고 발표했다.

그러나 발표 내용과는 다르게 크로레 자신은 그렇게 생각하지 않았다. 그는 경찰과 대치하며 총격전이 벌어지는 상황에서도 한 장의 메모지를 남겼는데, 그 메모지에는 다음과 같은 글이 적혀있었다.

'나는 삶에 지친 가련한 사람이지만 마음은 한없이 부드럽고 온화한 사람이다. 결코 사람을 죽이고자 생각한 적이 없는 마음의 소유자다.'

크로레는 불심검문을 하는 경찰관을 향해 총격을 가하고, 그것도 모자라 쓰러진 경찰을 향해 다시 총을 발사하여 확인 사살까지 한 극악무도한 범죄를 저지른 그가 자신을 가리켜 '결코 사람을 죽이고자 생각한 적이 없는 마음의 소유자'라고 자신 스스로를 생각하고 있었던 것이다.

크로레는 사형이 집행되는 순간까지도 "나는 내 몸을 지키려다 이 꼴이 되고 말았다."며 자신의 죄를 인정하지 않았다.

실제로 교도소에 수감되어 있는 재소자들 또한 자기 자신을 악한 사람이라고 생각하는 사람은 거의 없다고 한다. 그들은 자신을 선량한 일반 시민들과 조금도 다르지 않은 존재라고 생각하고 있다는 것이다. 또한 그들은 자신이 왜 물건을 훔치지 않으면 안 되었는지, 혹은 사람을 해치지 않으면 안 되었는지 등의 이유를 장황하게 설명한다고 한다.

이처럼 흉악한 범죄를 저지른 사람들도 자신을 정당화하려고 하는데 일반인들은 자기스스로를 어찌 생각하겠는가?

그러므로 타인의 허물을 찾아내어 비난하는 것은 정말 위험한 일이라는 것을 알아야 한다. 비난을 받는 상대는 곧 자신을 보호할 방어태세를 갖추고 어떻게든 자신을 지키려는 방안을 강구할 것이며, 게다가 자신의 자존심에 상처를 준 사람에 대해 적의를 품고 호시탐탐 복수의 칼날을 갈고 있을 것이기 때문이다.

훌륭한 인품의 소유자로 알려진 링컨 역시 한때 다른 사람을 비난하는 일을 아무 거리낌 없이 하던 때가 있었다.

젊은 시절의 링컨은 다른 사람의 허물을 지적하며 헐뜯을 뿐만 아니라 상대방의 행위를 비웃는 글을 써서 그것을 사람들의 눈에 잘 띄도록 벽에 붙이거나 길에 뿌리기도 했다. 링컨의 그러한 행위로 인해 반감을 갖고 링컨을 원망하며 일생을 지낸 사람이 있을 정도였다.

다른 사람을 비난하는 행위를 아무 거리낌 없이 자행하던 링컨은 젊은 시절, 자신이 경험하게 된 한 사건으로 인해 다른 사람을 조롱하고 비난하는 일은 정말 어리석은 짓이라는 것을 깨닫게 되었다. 링컨이 경험하게 된 사건의 전말은 다음과 같다.

1842년, 링컨은 《스프링필드 저널》에 제임스 실즈라는 아일랜드 출신의 정치인을 비난하는 글을 써서 잡지사에 기고했다. 링컨의 글이 잡지에 게재되고 많은 사람들이 구독하는 《스프링필드 저널》에 소개되자, 제임스 실즈는 사람들에게 비웃음의 대상이 되었다. 링컨의 행위에 격노한 불같은 성격의 실즈는 치밀어 오르는 화를 참지 못하고 링컨에게 결투를 신청했다. 그러나 한 사람이 무릎을 꿇고 사과를 하거나 그렇지 않으면 죽음을 각오해야 하는 사나이들의 결투 문화를 반대하는 입장의 링컨은 실즈의 결투 신청을 거부하고 싶었지만, 결투 신청을 받아들이지 않으면 사나이답지 않은 비겁한 사람이라고 비난받던 시대의 기류에 따라 결국 실즈의 결투 신청을 거절하지 못하고 받아들일 수밖에 없었다.

약속한 날이 되자, 두 사람은 미시시피 강의 모래섬에서 만났다. 하지만 두 사람을 아끼는 주위의 여러 사람들의 간곡한 만류로 두 사람의 결투는 무산되었지만 링컨은 이 사건을 계기로 인간관계의 원리에 대해서 귀중한 교훈을 깨달았다. 이 사건 이후 링컨은 사람을 비난하거나 조롱하는 일을 하지 않기로 스스로 맹세했다.

다른 사람의 결점을 고쳐주려는 마음은 분명 존중받을 만한 가치가 있다. 하지만 상대를 비난하기에 앞서 다음과 같은 질문을 스스로에게 묻기를 권한다.

'사람이 신이 아닐 진데, 어떻게 한 점의 결점도 없는 사람이 존재할 수가 있겠는가?'섣불리 타인을 비난하거나 가르치려 하기 전에, 자신을 바로 잡는 것이 우선되어야 할 것이다.

6

분노로 상대의 마음을
움직일 수 없다

누군가를 설득하거나 훈계한다면서 상대에게 화를 내며 다그치는 사람을 볼 수 있다. 특히 자신보다 나이가 적거나 지위가 낮은 사람을 대상으로 할 경우에 이런 모습을 자주 목격할 수 있다. 하지만 나이가 적거나 지위가 낮은 사람이라고 할지라도 화가 난 모습으로 상대의 마음을 능동적으로 움직이게 할 수는 없을 것이다. 왜냐하면 대개의 사람들은 누군가 화를 내며 꾸중을 하면 자신의 실수나 잘못한 일에 대해서 반성을 하기보다는 '도대체 내가 뭘 그렇게 크게 잘못했다고 화를 내는 거야?'하며 그 자리를 모면하기 위해 거짓으로 수긍하는 척하거나 오히려 자신의 실수나 잘못을 정당화 하려는 모습을 보이기도 한다.

분노로써 누군가를 설득시키는 것은 상대의 마음과 신뢰를 얻는데 전혀 도움이 되지 않는다. 상대가 자신을 믿고 따르게 하기 위해서는, 아무리 화가 나더라도 화가 난 모습을 그에게 보이는 것은 금물이다. 왜냐하면 화를 억제하지 못하고 그것을 분출하는 순간, 상대는 본능적으로 자신을 보호하기 위한 벽을 만들기 때문이다. 그렇게 되면 그에게서 신뢰의 끈이 유지되는 것은 어렵다. 하지만 화가 분출되는 그 순간을 스스로 억제하고 온화한 모습으로 마음을 열고 대화를 나누고자 한다면, 상대 또한 마음을 열고 대화에 호응할 것이다.

서로 마음을 열고 대화를 나누는 것이 상대의 마음을 얻는데 매우 유리한 위치에 서게 된다는 것을 알아야 할 것이다.

미국 필라델피아에서 연료를 판매하는 상점을 운영하는 C.M 나홀은 상가 밀집 지역에 위치한 대형 체인스토어에 연료를 납품하기 위해 온갖 노력을 기울이고 있었다. 그러나 그 체인스토어에서는 시외의 연료 공급업자로부터 연료를 정기적으로 구매하고 있었다.

정기적으로 체인스토어에 연료를 납품하기 위해 연료를 실은 트럭이 보란 듯이 자신의 상점 앞을 지나갈 때마다 그 모습을 멀뚱하게 지켜보아야 하는 나홀의 불만은 이만저만이 아니었다.

나홀은 사람들을 만나면 체인스토어에 대한 불만을 털어놓으면서 체인스토어가 시민의 적이라며 비난을 퍼붓고는 했다. 그가 비난을 하는 이유는, 체인스토어로 인해 주변 조그만 상점들이 점점 타격을 받기 때문이라는 것이었다.

그러면서도 나홀이 체인스토어에 대한 판로 개척을 포기한 것은 아니었다. 나홀의 불만은 체인스토어에 자신이 연료를 공급하지 못하고 있는 것에 대한 아쉬운 마음이 반영된 것이었다.

그러던 중 나홀은 자신의 이러한 상황에 대한 문제를 데일의 인간관계 개선 프로그램 강좌에서 발표하게 되었다.

나홀의 사정을 알게 된 데일은 그에게 지금까지와는 다른 전략을 시도해 보라며 격려해 주었으며 다음 강습회 토론 주제를 '체인스토어의 증가와 중소 상점의 쇠퇴'로 정했다. 그리고 나홀에게는 체인스토어의 확대를 옹호하는 변호인 역할을 맡게 했다.

하지만 나홀은 평소 눈엣가시처럼 생각했던 체인스토어를 변호하는 것이 자신의 문제와 무슨 상관이 있느냐하는 생각이 들어 체인스토어를 변호하는 역할을 하고 싶지 않았지만, 데일의 적극적인 권유를 받아들여 결국 체인스토어를 변호하는 역할을 하기로 했다.

나홀은 강습회 발표 준비를 하기 위해 체인스토어의 중역을 찾아갔다. 이미 나홀에 대해 익히 알고 있던 중역은 자신을 찾아온 나홀을 웃음기 없는 무뚝뚝한 표정으로 맞이했다. 체인스토어의 중역은 그가 분노를 터뜨릴 것이라고 예상하고 있었던 것이다.

나홀 또한 체인스토어 중역에게 자신의 불만을 터뜨리고 싶었지만, 자신의 마음을 억제하고 자신이 찾아오게 된 사유와 목적을 말한 후, 중역의 의견을 듣고 싶어서 찾아왔노라고 공손하게 말했다. 그러자 평소 나홀의 방문을 달갑지 않게 생각했던 중역은 반색을 하며 한 시간이 넘도록 체인스토어에 대한 설명을 해주었다. 그리고 '체인스토어의 비전과 역할'이라는 책까지 집필한 적이 있는 다른 중역을 불러 나홀을 소개하며 그 중역의 체인스토어에 대한 의견을 듣도록 해주기도 했다.

소개 받은 중역은 나홀에게 체인스토어가 사회를 위해 유익한 봉사를 하고 있다고 말했다. 왜냐하면 가정주부들이 이곳저곳을 다리 아프게 돌아다니며 식료품, 채소, 과일 등 생활필수품을 구입하던 것을 한 곳에서 모두 손쉽게 구매할 수 있는 편리함과 중간 상인을 거치지 않기 때문에 저렴한 가격으로 소비자를 만날 수 있다는 등 체인스토어가 국가와 사회를 위해 참다운 봉사를 하고 있다고 믿고 있으며, 자신은 체인스토어 사업에 큰 자부심을 가지고 있다고도 했다.

체인스토어의 중역들과 많은 대화를 나눈 나홀이 용건을 마치고 돌아가려고 하자, 중역은 문 앞까지 배웅을 나오며 조만간에 연료 구입 건으로 연락을 하겠다고 했다.

그 순간 나홀은 하마터면 너무 기뻐서 소리를 지를 뻔 했다. 오랫동안 그 중역을 쫓아다니며 구매 요구를 하고 분노를 터뜨려도 성사시킬 수 없었던 일이 드디어 가능성을 찾게된 것이다.

만일 나홀이 중역을 찾아가 체인스토어의 확장은 부당한 것이라며 마음속 분노를 터뜨렸다면 상대에게 혐오감을 심어주어 일시적으로는 자신의 요구사항을 들어주는 척은 할 수도 있겠지만 오히려 상대의 반감을 일으켜서 결과적으로는 결코 자신의 목적을 결코 달성할 수는 없었을 것이다.

나홀은 화를 억누르고 상대를 이해하는 겸손한 자세를 유지할 수 있었기에 신뢰의 끈을 잡을 수 있었으며 체인스토어에 자신의 연료를 납품할 수 있는 판로를 개척할 수 있었던 것이다.

7

상대의 욕구를
자극하여 얻는 신뢰

물위에 낚싯대를 걸쳐놓고 무작정 기다린다고 해서 물고기를 많이 잡을 수 있는 것이 아니다. 물고기를 많이 잡기 위해서는 그 물에서 살고 있는 물고기가 어떤 미끼를 좋아하는지, 물의 온도는 적당한지를 파악해야 자신이 원하는 만큼의 물고기를 잡을 수 있는 확률이 높아지는 것이다. 지렁이를 좋아하지 않는 생태환경에서 살고 있는 물고기에 지렁이 미끼를 사용한다면 원하는 만큼의 물고기를 잡을 수 없음은 당연한 이치이다.

신뢰를 얻는 비결 또한 이와 같다. 상대방이 무엇을 원하는지를 알아야 그 사람의 마음을 움직여 신뢰를 얻을 수 있는 확률이 높아지는 것이다. 상대방이 무엇을 원하는지도 모르는 채, 무조건 자신의 말을 믿으라고만 한다면 오히려 상대방의 반발심만 키우는 결과를 가져올 것이다.

이러한 상황에 대한 사례를 미국의 사상가 에머슨의 일화에서 찾아볼 수 있다.

어느 날 에머슨은 아들과 함께 송아지를 외양간에 넣기 위해서 애를 쓰고 있었다. 아버지인 에머슨은 앞에서 송아지의 머리를 잡아당기고, 아들은 뒤에서 송아지 엉덩이를 밀며 안간힘을 쓰고 있었다. 그러나 송아지는 에머슨 부자가 강압적으로 밀어붙일수록 엉덩이를 뒤로 뺀 채 네 발로 버티고 서서 꼼짝도 하지 않았다.

에머슨 부자의 우스꽝스러운 모습을 보다 못한 하인이 웃음을 참으며 에머슨 부자에게로 다가와서 간단하게 송아지를 외양간에 몰아넣었다.

하인은 에머슨처럼 많이 배우지 못했고 글도 제대로 읽을 줄 몰랐지만 송아지를 쉽게 외양간으로 집어넣은 것이다. 하인이 송아지를 외양간에 넣은 방법은 매우 간단했다. 그는 자신의 손가락을 송아지의 입에 물리고는 그것을 빨게 하면서 송아지를 외양간 안으로 끌어들였다. 하인은 송아지가 무엇을 원하고 있는지를 알고 있었던 것이다.

사람은 누구나 자신이 좋아하는 것에는 관심을 기울인다. 다시 말해 좋아하지 않는 것에는 웬만하면 관심을 기울이지 않는다는 것이다. 그렇다면 사람의 마음을 움직여 신뢰를 얻고자 한다면, 상대방이 무엇에 관심을 갖고 있는지를 파악하는 것이 우선적으로 해야 할 일일 것이다. 상대의 관심사항을 파악하였다면, 대화의 자리는 좀 더 수월하게 그리고 유익한 대화의 자리를 만들 수 있다. 그와의 대화자리에서는 그가 관심을 갖고 있는 것에 대해 이야기를 하고, 그것을 쉽게 이루거나 성취할 수 있는 방법을 제시하는 것이 그의 신뢰를 얻는 최선의 비법인 것이다.

가령, 자식의 편식하는 습관을 고치기 위해 고심하는 부모가 있다고 하자.

자식의 편식습관을 고치고자 한다면, 무조건 잔소리를 하거나 고압적인 자세로 편식습관을 고칠 것을 강요하는 것은 절대로 효과적인 방법이 될 수 없다. 자식의 편식습관을 고치기 위해서는 자식이 무엇을 원하는지를 알아보는 것이 우선 부모의 할 일이다.

만일 자식의 꿈이 야구선수라면, 부모에게는 화를 내며 강요하지 않아도 온화하게 말하며 설득할 수 있는 방법이 주어진 것이다.

"애야, 편식을 하면 영양분이 전신에 균형 있게 전달이 되지 않기 때문에 균형 잡힌 힘을 쓰기가 어렵게 된단다. 그러면 너의 야구 실력을 최대한 발휘할 수 없을 것이고 그러면 결국 네가 목표로 하는 야구선수로의 꿈을 달성하기는 어려울 것 아니겠니? 때문에 네가 좋아하는 야구를 잘하기 위해서, 그리고 야구선수의 꿈을 이루기 위해서는 음식을 가리지 않고 골고루 섭취하는 것이 크게 도움이 된단다."

부모는 자식의 야구선수가 되고 싶은 욕구와 편식습관의 상관 관계를 연관 지어 설득함으로써 강압적인 방법을 전혀 쓰지 않고 아이가 스스로 깨닫도록 해야 한다. 이처럼 누군가에게 고쳐야할 좋지 않은 습관이 있다면, 스스로 깨우치도록 하는 것이 가장 신뢰할 수 있는 효과적인 설득 방법이다.

강철 왕 카네기는 정규교육이라고는 불과 초등학교 4년이 전부 였지만 사람들을 능숙하게 다룰 수 있는 능력이 있었기에 세계적인 기업가로 성공할 수 있었다.

그는 사람을 잘 다루기 위해서는 상대가 원하는 것을 파악한 후에 상대가 듣고 싶은 말과 행동을 해줌으로써 상대의 신뢰를 얻을 수 있다는 것을 일찍이 깨달았던 것이다. 다음은 카네기에 얽힌 일화이다.

카네기의 사촌 누이동생은 예일 대학에 재학 중인 두 아들 녀석들 때문에 가슴앓이를 하고 있었다. 사촌 누이동생은 온통 자신들의 일에만 정신이 팔려 있는 자식들 때문에 자식들의 안부가 궁금한 어머니는 속절없이 애만 태우고 있었던 것이다. 어머니가 아무리 편지를 보내도 자식들에게서는 감감무소식이었다.

사촌 누이동생이 속상해 하는 모습을 지켜본 카네기는 자신이 조카들에게 편지를 쓰겠다고 말하며 조카들로부터 답장이 올 것인지, 오지 않을 것인지를 놓고 사촌 누이동생에게 1백 달러 내기를 하자고 제안했다. 사촌 누이 동생은 '엄마의 편지도 거들떠보지 않는 아이들인데 설마 삼촌의 편지에 답장을 해주겠어.'라는 생각에 카네기의 제안에 동의했다. 카네기는 조카들에게 편지를 보냈다.

카네기가 조카들에게 보낸 편지에는 특별한 내용이 없었다. 다만 추신으로 '조만간 두 사람에게 50달러씩 보내주마.'라고 썼다. 그러자 며칠이 지난 후에 조카들로부터 카네기에게 감사의 뜻을 전하는 답장이 왔다.

카네기는 사촌 누이동생에게 말했다.

"자, 동생이 나와 내기에서 졌으니 조카들에게 50달러씩 보내 줘."

카네기는 조카들이 필요하지만 부족한 것이 무엇일까를 생각한 후에, 용돈으로 조카들의 욕구를 자극했던 것이다. 이처럼 인간은 자신이 원하고 있는 것에 따라 판단을 하고 행동하기 시작한다.

사람들이 자선 단체에 기부금을 선뜻 내놓는 것은 가난하고 어려운 사람을 도와주고 싶은 마음 때문이기도 하지만, 아름다운 선행을 통해 스스로 기쁨을 만끽할 수 있기 때문이다. 사람에게 이러한 욕구가 없다면, 기부를 하는 대신 쇼핑을 하는 편이 낫다고 생각할 지도 모른다. 그래서 다른 사람의 어려움은 단지 자신과 아무런 관련 없는 일일 뿐이라고 생각하는 사람이 있는 것이다. 그러므로 상대의 마음에 강한 욕구를 일으키게 하는 사람은 상대의 마음을 움직여 신뢰를 얻을 수 있고, 그렇지 못한 사람은 신뢰를 얻지 못하는 것이다.

나름대로 열심히 노력을 하는데도 기대한 만큼의 성과를 올리지 못하는 샐러리맨이 있다면, 그는 지금 중대한 실수를 저지르고 있는 중이다. 왜냐하면 대개의 고객은 그다지 물건을 구입하고 싶은 생각이 없는데도 샐러리맨은 그 사실을 간과한 채 구매만을 강요해서 고객에게 부담을 주고 있기 때문이다. 다시 말해서 샐러리맨은 상대가 원하는 것은 줄 생각 없이 자기가 원하는 것만을 생각하며 강요하고 있는 것이다. 이렇듯 다른 사람이 무엇을 원하는지를 생각하지 않고 자신이 바라는 것만 요구하면 강요하는 느낌을 주어 반발심만 불러일으키게 될 뿐이며, 반발심이 커진 구매자에게 물건을 팔기란 에스키모 사람에게 에어컨을 파는 것보다 힘들 수가 있다.

어떤 물건이 자기에게 꼭 필요하다는 것을 느낀 사람이라면 굳이 강요하지 않아도 구입하게 될 것이다. 왜냐하면 사람은 자기 문제를 해결하는 데 있어서 적극성을 띠기 때문이다. 그러므로 샐러리

264

맨이 판매 실적을 올리고자 한다면 구매자가 물건을 구입하려고 망설일 때, 그 물건이 구매자의 실생활에 얼마나 도움이 되는지를 설득하여야 하고, 샐러리맨의 말과 행동이 구매자로부터 신뢰감을 갖도록 만들어야 한다. 즉 사람의 마음을 움직이려면 상대의 욕구를 자극하여야 하며, 언행에 유의하여 자신을 신뢰할 수 있도록 해야한다는 것이다.

6장

기적을 이루는 인간관계의 비결

1

마음속에 간직된 상처는
비수가 되어 돌아온다

어린 시절, 부모의 다툼을 자주 보며 자라난 아이들은 성장기 또는 성장해서 폭력적인 사람이 될 확률이 높다는 연구 발표가 있다.

이것은 일차적으로 영향을 받는 가정에서 형성된 성격적 성향이 성장하면서 자신도 모르게 부정적인 성향을 지니게 되는 원인이 되는 경우가 많다. 이처럼 사람의 사회성은 아동기의 생활환경에서 일차적으로 형성되고, 유치원 또는 학교 등의 집단 조직 속에서의 다양한 문화경험과 융화되어 발전해 나가는 것이다. 또한 성장하면서 자신도 모르게 몸에 배인 좋지 않은 습관을 스스로 깨닫고 개선한다는 것은 정말 쉽지 않은 일이다.

데일은 어떻게 하면 이러한 신뢰를 잃을 수 있는 좋지 않은 습관을, 신뢰를 얻을 수 있는 좋은 습관으로 변화 할 수 있도록 탐구하여 그 방법을 제시하였다.

"다른 사람에게 신뢰를 얻기 위해서는 타인에 대한 독설, 화풀이, 비웃음, 비난을 일삼는 습관을 무조건 없애야 한다."

혹시 이 글을 읽는 독자 중 자신에 대한 독설과 누군가에게 비아냥거림과 비난을 받은 적이 있다면, 당하는 사람의 감정이 어떠할지를 충분히 이해할 수 있을 것이다. 데일은 이러한 독설과 비아냥거림과 비난을 받은 경험을 겪은 일이 있는, 한 인물을 수강생들에게 소개했다.

데일이 소개한 사람은 청소년 시절 자신의 가까운 친구들에게 혹독한 비난을 받는 경험을 한 사람이다. 그는 자신의 이러한 경험을 거울삼아 타인에게 어떻게 하면 비난하거나 조소하듯 이야기하지 않을까에 대해 사색하고 연구를 한 사람이다. 그는 바로 미국 역사상 가장 유능했고 온화했으며 사교에도 능숙했던 벤저민 프랭클린이다.

청년기에는 누구나 인간관계에서 본의 아니게 잘못된 행동이나 실수를 저지르게 되는 경우가 있듯 벤저민 또한 그런 평범한 청년이었다.

어느 날 벤저민의 집으로 친구가 찾아왔다.

"어서 와!"

벤저민은 친구를 반갑게 맞이하며 포옹을 했다. 하지만 친구의 표정은 좋지 않았다.

"벤저민, 넌 내가 왜 너희 집까지 찾아왔는지 모르겠니?"

영문을 모르는 벤저민은 친구를 집으로 들어오라고 했지만 친구는 문 앞에서 한 발짝도 집안으로 들어놓지 않은 채 벤저민을 바라보며 말했다.

"벤저민, 넌 틀렸어. 융통성이라고는 찾아볼 수 없는 너의 그 알량한 생각과 고집스럽게 밀어붙이는 너의 주장들이 다른 사람에게 어떤 모욕을 주고 있는지 알기나 해?"

벤저민은 친구의 갑작스런 말에 당황스러웠지만, 친구의 화가 난 모습에서 며칠 전에 있었던 세미나에서의 일이 떠올랐다.

그날 세미나에서 벤저민은 여러 친구들 앞에서 자신의 주장을 거침없이 표현했었다.

"내가 너무 심하게 내 주장을 말했었나? 난 그저 잘못된 것을 바로잡기 위해 평소보다 소리를 좀 크게 하고 또 많이 한 것뿐인데……"

친구는 잘못을 인정하지 않는 벤저민을 보고 감정이 격해졌는지 삿대질까지 하며 큰 소리로 말했다.

"야, 벤저민. 그렇지 않아! 네 말은 늘 너무 공격적이라 어떤 친구도 네 의견이 옳든 그르든 신경을 쓰지 않아. 너의 그 무례한 태도를 좋게 생각하는 친구는 없단 말이야. 네가 그런 걸 알기나 하는 거야?"

친구에게 그 말을 듣는 순간 벤저민은 심장이 굳는 것 같았다.

"다른 친구들은 네가 없는 자리에서 훨씬 더 신나고 재미있게 지내고 있지. 친구들은 네가 너무 유식한 척을 해서 어떤 친구도 너하고는 말을 하고 싶지 않다는 것을, 너는 정말 모르겠어?"

벤저민은 충격을 받아 그 자리에 서 있을 힘조차 없었다. 친구는 싸늘한 눈빛을 보내더니 돌아서며 말했다.

"잘 생각해 봐. 친구들이 너와 함께 토론을 하면, 마음만 불편해지고 함께 토론을 할 마음이 사라져서 앞으로는 너와 어떤 문제에 대해서도 논의조차 하지 않을 것이라는 것을 말이야. 그러니 넌 지금 알고 있는 그 알량한 지식 외에는 더는 발전할 수 없을 거야."

친구는 그 말을 벤저민의 가슴에 꽂아놓은 채 뒤도 돌아보지 않고 떠났고, 벤저민은 문 앞에서 한동안 그대로 꼼짝 못하고 서 있을 수밖에 없었다. 그리고 집으로 들어와 책상의자에 앉아서 곰곰이 자신의 일방적인 주장에 당황했을 친구들에 대해서 많은 생각을 했다.

'내가 정녕 그런 사람이었다니, 친구들은 어떤 기분이었을까……, 그런 감정을 갖고 있는 친구들을 다시 봐야한다는 사실에 두려움이 앞서는군.'

벤저민은 굳은 결심을 했다. 친구의 충고를 진심으로 받아들이기로 마음먹은 것이다.

'그렇지. 친구의 말은 전혀 틀린 것이 없어. 중요한 것은 내가 스스로 변화를 하지 않으면 안 된다는 것이야.'

벤저민은 훗날 자신의 저서에서 친구들과의 불협화음을 반성하며 대화의 정의에 대하여 다음과 같이 기록했다.

『대화는 '듣는 사람의 목적'과 '말하는 사람의 목적'이 어떻게 조화를 이루느냐에 따라 대화 자리의 성패가 결정된다. 말하는 쪽이나 듣는 쪽이나 각자 자기 나름대로의 생각과 주관이 있을 것이다. 그러나 실제 대화의 현장에서는 그것을 간파하기 어려울 뿐만 아니라 잊어버리기 일쑤이며, 대화의 방향이 엉뚱한 곳으로 빗나가는 경우가 많다. 대화는 주제에서 벗어나지 않고 진행될 때 대화의 효과를 기대할 수 있다. 특히 자기의 목적보다 상대방의 목적을 빨리 파악하는 것이 중요하다. 그 다음으로는 자기의 목적을 잊지 말아야 하며, 말하는 쪽이나 듣는 쪽, 양쪽 모두의 목적이 이루도록 해야 성공적인 대화가 이루어진다. 그러므로 나는 다른 사람의 의견을 정면으로 반대하거나 또한 내 의견을 단정적으로 주장하지 않기로 했다. 예를 들어 '명확히 말해서', '의심할 여지없이'와 같은 표현들은 나의 주장이 옳음을 강하게 말할 때 사용하는 표현이므로 앞으로는 말이나 글에서도 가급적 사용하지 않기로 했다.』

벤저민은 자신이 습관적으로 사용해 오던 어투와 태도가 타인을 배려하지 않는 스타일이었다는 것을 스스로 깨닫고 좀 더 온화하고 부드러운 어투와 태도로 개선할 수 있도록 결심하고 노력했다. 또한 벤저민은 상대방과 대화를 나눌 때 자신이 지켜야 할 원칙을 스스로 정했다.

원칙 1. 누군가가 잘못된 주장을 하더라도 그가 말하는 중간에 퉁명스럽게 말을 끊으면서 잘못을 지적하지 말자.

원칙2. 상대의 이야기가 엉터리라는 생각을 하고 있을 지라도 나의 감정을 앞세워서 그 자리를 박차고 일어나거나 화를 내지 말자.

원칙 3. 결론적으로 상대가 잘못된 주장을 하거나 상대의 생각이 잘못되었다고 해도 너무 공격적으로 비난하거나 꼭 그 자리에서 사실을 밝히려는 고집을 버리자.

자신이 스스로 정한 이러한 원칙을 대화의 자리에서 실천한 벤저민은 대화는 정말 유익하고 즐거운 일이라는 것을 알게 되었으며 자신의 의견을 제시할 때에도 최대한 조심스럽게 말을 했고 상대방에게 보다 적극적인 이해를 구하려고 노력했다.

벤저민의 이러한 모습에 그를 향한 친구들의 날카로운 비난도 점차 줄어들었으며, 언제부터인가 모르게 친구들은 자신의 잘못을 스스로 인정할 줄 아는 친구 벤자민으로 인해 보다 발전된 인간관계의 세계를 깨닫게 되었다며 벤자민과 함께 대화를 나누는 것이 즐겁다고 했다.

벤저민 프랭클린의 이러한 긍정적인 선택과 스스로 정한 원칙의 실천은 향후 그가 위대한 인물로 성공하는데 있어 커다란 밑거름이 되었다.

데일이 벤저민 프랭클린을 미국의 사교계에서 가장 긍정적이며 외교성이 높은 사람으로 평가하는 것 역시 바로 이 점이다. 벤저민 프랭클린을 한 마디로 평가한다면, 그는 '비난도 호의로 받아들일 줄 아는 사람'이라는 것이다.

당신이 누군가의 실수에 대하여 반박을 하거나 비난을 해서 당신이 얻는 것이 있다면 그 사람의 자존심을 손상시키는 일일 것이며, 그 사람의 마음속에 오랫동안 지워지지 않을 당신에게서 받은 상처일 것이다. 그 사람의 마음속에 간직된 상처는 언제 어느 때 당신을 향한 비수가 되어 돌아올지 모른다.

2
자신의 우월감을
내세우지 마라

겸손은 자신을 내세우지 않고 상대방이 말하고자 하는 것과 바라는 것을 가능한 이해하고 인정하며 배려하는 것이다. 그렇게 함으로써 겸손한 사람은 많은 사람들로부터 신뢰를 얻는 것이다.

그러나 겸손할 줄 모르는 사람은 늘 타인을 비난하며 타인의 잘못만을 기억한다. 그래서 자신의 욕정이나 죄과는 점점 커지게 된다.

사람은 누구나 많은 사람들로부터 신뢰받는 사람이 되고 싶어 한다.

그런데 왜, 우리는 겸손한 사람이 되려고 노력하지 않는 것일까?

학창시절 그토록 친하게 지냈던 친구와 지속적으로 그 친분관계를 유지하는 것이 쉽지 않은 왜인 걸까?

프랑스의 철학자 라로슈푸코는 이 문제에 대해 이렇게 말했다.

"만일 당신이 어느 친구와 친구로 지내길 원하지 않는다면, 그 친구를 능가하십시오. 그러면 당신은 친구가 아니라 적을 얻게 될 것입니다."

라로슈푸코의 이 말은 친구를 적으로 만들고 싶은 마음이 있으면 그 친구보다 훨씬 월등한 사람이 되라는 말이다. 그러나 그의 말에 이런 의문이 생길 수밖에 없을 것이다.

"아니 친구를 적으로 만들다니요? 그리고 적으로 만들기 위해서 내가 친구를 능가해야 한다는 말은 무슨 의미인가요?"

라로슈푸코는 이렇게 한 마디를 덧붙였다.

"그러나 정작 당신이 친구를 원한다면, 친구가 당신을 능가할 수 있도록 하십시오."

오래도록 친구와의 관계를 좋게 유지하기 위해서는, 나 자신을 보다 겸허히 낮추고 친구의 위신을 세워주라는 의미이다. 특히 절친한 친구 사이에서는 서로 질투와 시기로 틈이 조금만이라도 벌어지게 되면 평정심이 흔들리게 된다. 그래서 우리는 한 때 절친하던 친구가 등을 돌리게 되고 어느 순간 적으로 돌변하는 상황을 종종 목격하게 된다.

어린 시절에는 대개 질투심이 친구 사이에서 불화의 원인으로 많은 이유를 차지한다. 친구가 나보다 공부를 잘했을 때, 내가 친하게 지내고 싶은 이성 친구가 자신보다 다른 친구와 친하게 지낼 경우에 시기심에서 오는 질투심을 못 이겨서 어느 순간 사이가 멀어지는 것을 느낄 때가 있다. 그래도 어릴 때는 철이 없어서 그럴 수 있다고 생각하면 그만이지만 시기심이라는 것은, 나이를 먹어서도 없어지지 않고 더 크게 더욱 심각한 문제로 자라게 된다.

어른의 시기심은 어린 시절의 그것처럼 단순한 것이 아니다. 직장에서는 동료들 사이에 승진을 두고 서로 다툰다. 동창회에서는 누가 먼저 좋은 지역의 넓은 집에서 사느냐는 문제로 슬그머니 어깨를 견주기도 한다. 그런 가운데 서로의 능력을 가늠하게 되고 내가 친구보다 못하다고 생각이 되면, 어느새 마음속에는 친구에 대한 시기의 벽이 생겨나기 시작한다.

만일 이 글을 읽고 있는 당신이 평소 친구들 앞에서 서슴없이 자신의 일상을 이야기하는 사람이라면 주의할 필요가 있다. 절대로 그 친구를 능가하거나 그 친구보다 우월하다는 인식을 심어주어서는 안 된다는 것을.

"그렇다고 친구에게 거짓말을 할 수는 없지 않습니까?"

이런 질문을 할 수도 있을 것이다. 물론 친구를 진실하게 대해야 한다. 그러나 진실하게 대한다는 것과 친구를 나보다 우월하게 느끼도록 하는 것은 엄연히 다르다. 그것은 설사 내가 친구보다 가진 것이 더 많고 더 좋은 직장엘 다닌다고 하여도, 그로 인해 내가 친구보다 우월하다는 느낌을 주어서는 안 된다는 것이다.

"비록 내가 이런 점에서는 조금은 나은지 모르겠지만, 넌 이런 면에서는 나보다 훨씬 월등하잖니? 난 너의 그런 점이 참 부럽더라."

친구의 우월한 점을 부각시켜 주는 것이 친구와의 신뢰의 끈을 더욱 단단하게 오래도록 유지하는 방법이다.

그렇다면 학창 시절의 수많은 친구들이 서로 뿔뿔이 흩어지게 된다는 사실은 무엇에서 연유하는 것인지에 대해서 한 번 생각해 보자.

그것은 서로 멀리 떨어진 곳에 사는 이유도 있겠지만 서로 다른 진로와 능력으로 인해 다른 위치에 서게 된 것은 아닐까?

나이가 들수록 능력의 차이는 더욱 벌어지게 될 것이다. 그러므로 친구와 오래도록 좋은 관계를 유지해 나가기 위해서는 이러한 신뢰관계의 비밀을 반드시 깨달아야 한다.

이와 관련해서 데일은 뉴욕의 한 회사에서 컨설턴트로 일을 하고 있는 헨리라는 젊고 예쁜 한 여성의 사례를 소개했다.

헨리는 직장 상사들과 동료들 사이에서는 물론 후배 직원들에게도 미소가 아름답고 상냥해서 회사 내에서 인기가 좋은 여직원이다. 또한 그녀는 회사 직원들 사이에서는 닮고 싶은 사람으로 뽑힐 정도로 능력을 인정받는 여성이다.

그러나 그녀는 처음부터 자신이 회사의 상사나 동료들로부터 사랑받는 그런 사람은 아니었다고 말했다.

"입사 초기 시절의 저는 지금처럼 동료들에게 호감을 얻은 사람은 아니었습니다. 입사 후 몇 개월 동안은 말동무조차 없어서 정말 외롭게 회사생활을 했으니까요."

그녀는 왜? 말동무조차 없이 외롭게 회사생활을 해야 했을까?

그것에 대한 답은 간단했다.

헨리는 직업 컨설턴트로 일을 하면서 자신이 이룬 영업성과들을 매일 주변 동료들에게 매번 자랑을 하고는 했다.

"오늘은 어떤 사람이 우리 회사를 방문 했는데요. 내가 컨설팅을 잘해서 그 분에게 적합한 일자리를 찾아주었지 뭐예요!"

이러한 헨리의 자랑은 매일 이어졌다. 그리고 그녀 또한 자신의 능력을 자랑스러워했다. 그런데 어느 순간부터 헨리는 점점 우울해지기 시작했다. 시간이 지날수록 동료들은 그녀와 대화하기를 꺼려했으며 점차 동료들 사이에서 서서히 터져 나오는 그녀에 대한 비난은 회사에 출근하기가 두려울 정도로 그녀를 주눅 들게 했고 힘든 직장생활이 되게 했다.

"저는 사람들에게 사랑받기를 원했어요. 그리고 진심으로 그들의 친구가 되고 싶었거든요."

하지만 그녀의 바람은 이루어지지 않았다.

하루하루를 힘든 직장생활로 지쳐가던 무렵 그녀는 데일의 인간관계 개선 프로그램 강좌 수강 신청을 했다. 그리고 그 곳에서 그녀는 자신의 문제점이 무엇인지를 발견하게 되었다.

"자기 자신의 성과에 대한 자랑을 자제하고, 친구들을 우월하게 칭찬하는 습관을 갖도록 노력해 보십시오. 즉, 자신을 낮추고 친구들을 우월하게 만드는 방법을 생각해 보도록 하세요."

헨리는 인간관계 개선 프로그램 강좌에서 깨달음을 얻을 수 있었고, 그녀는 사람들에게 자신에 대한 이야기를 하기보다는 그들의 말에 귀를 기울이기 시작했다. 그러자 헨리는 사람들에 대한 새로운 사실을 깨닫게 되었다.

그것은 사람들에게는 정말로 하고 싶은 자신들의 이야기가 수북이 쌓여있었고, 자랑할 것들이 너무 많다는 것을 깨닫게 되었던 것이다. '그런 그들이 그 동안 내 이야기를 들어주느라고 얼마나 힘이 들었을까?' '내 자랑을 듣느라고 저들은 얼마나 지루했을까?' 하는 생각에 헨리의 얼굴은 부끄러움에 화끈거렸다.

지금 헨리는 직장에서 동료들과 이야기를 나눌 때, 이런 이야기를 먼저 꺼낸다.

"제리, 지난 주말에 뭐 좋은 일 없었어? 즐거웠던 일 있었으면

애기 좀 해줘."

"마리아, 어떤 기쁜 일이 있기에 항상 스마일이야? 좋은 일 있으면 같이 좀 즐겨."

헨리는 그들에게 즐겁고 기쁜 일을 애기해 달라고 부탁한다. 그리고 사람들이 자신에게 조언을 구할 때에만 자신의 일에 대한 성취감을 이야기하는 사람으로 바뀌었다. 또한 헨리는 누군가의 조그만 성과에도 칭찬을 아끼지 않는 사람이 되었다.

칭찬은 자신의 어떤 행위나 인격에 대해서 다른 사람의 평가에 의해서 받을 수 있는 것이다. 그러므로 칭찬은 자신의 능력을 다른 사람들로부터 인정받은 후에 나타나는 것이며, 누군가로부터 칭찬을 듣는다는 것은 정말 기분 좋은 일이다. 당신은 오늘 누구 기분을 좋게 할 것인가?

마음을 열게 하는
질문형 대화법

／

／

신뢰를 얻고자 노력하는 과정에서 흘리는 땀은 참으로 소중한 것이다. 누군가에게 그 사람의 마음을 얻고자 열정적으로 노력하는 태도는 이성적인 행동이며 합리적인 설득의 과정이기 때문이다.

다른 사람들을 설득하는 과정은 대개 말과 행동 그리고 글과 프레젠테이션 혹은 문서 등으로 이루어진다. 그러나 어떤 경우에는 한마디 말 또는 한 줄의 글이 더욱 중요할 때가 있고, 또 어떨 때는 열마디 말과 열 줄의 글보다는 한 장의 프레젠테이션용 도표가 중요할 경우도 있다. 우리는 이렇듯 누군가의 신뢰를 얻기 위해 다각도의 합리적인 방법을 찾는 노력을 한다. 하지만 간혹 우리 주위에는 상대를 설득하기 위해서 수다스럽게 자신의 의견과 주장만을 일방적으로 이야기를 하는 사람들이 있다.

만일 당신이 그런 사람과 마주앉아 이야기 하고 있다고 생각해 보라. 그러면 당신의 기분은 어떻겠는가?

"상대가 너무 많은 말을 끊임없이 떠들어댈 때는 마음이 불편해서 시선을 어디에 두어야 할지 모르겠어요."

일방적인 수다는 상대방을 당혹스럽게 한다.

"지루하다고 연거푸 하품을 할 수도 없고 또 상대의 입을 막을 수도 없고요."

때로는 스트레스를 주기도 한다.

"적당히 알아서 대화를 끊어주면 좋겠는데, 다음 약속 시간이 있는데 정말 어떻게 해야 할지 정신이 없답니다."

다른 사람의 소중한 시간을 빼앗기도 한다.

이런 사람들은 전반적으로 상대에게 무례한 인상을 주게 되는 것은 물론, 결코 상대방을 설득할 수도 없으며 또한 상대방의 신뢰를 얻을 수 없다. 이처럼 일방적인 주장과 수다는 제아무리 멋진 표현을 사용한다 해도 결코 상대방의 신뢰를 얻을 수 없다. 왜 그런 것일까?

대화는 일방적인 것이 아니기 때문이다. 일방적인 대화는 상대방을 코너로 몰아넣는 것과 같다. 예를 들어 링 위에서 싸우는 권투

선수가 코너에 몰리게 되면, 코너에서 빠져나오기 위해 필사적으로 방어하면서 두 주먹을 휘두르며 강하게 반응한다. 이와 같이 다른 사람과의 대화에서도 상대를 일방적으로 몰아붙일수록 상대는 마음을 닫고 방어하는 태도를 취하게 되며, 상대를 공격할 기회를 엿보게 되는 것이다.

긴장감이 흐르는 냉랭한 대화자리일수록 상대의 방어하는 마음을 풀어줄 수 있도록 적절한 질문이 필요하다. 질문형 대화법은 자신의 이야기를 먼저 하기 전에 상대로 하여금 우선 이야기를 할 수 있게 하는 방법이다.

질문형 대화법에 익숙해지면, 누구를 만나든지 쉽게 대화를 풀어나갈 수 있다. 서먹한 분위기를 전환시키는 가벼운 질문을 던짐으로써 어색한 긴장을 풀고 서로의 대화에 귀 기울일 수 있는 즐거운 대화 분위기를 만드는 것이 질문형 대화법이다.

"오우, 정말 아름다운 스카프를 하고 오셨네요." 이런 말은 누구나 할 수 있는 말이다. 하지만 대화를 계속 이어나가기 위해서는 이렇게 말을 한 후에 질문을 곁들일 줄 알아야 한다.

"오우, 정말 아름다운 스카프를 하고 오셨네요."라고 말을 한 후에 "이런 세련된 스카프는 어디서 사야 하나요?", "이야, 스카프가 이렇게 매력적으로 패션의 포인트가 되는 것인 줄은 정말 몰랐는데요?"라는 등의 질문을 이어가는 것이다. 그래야 상대방이 당신의 말을 받아 자신의 이야기를 편하게 할 수 있는 공간이 생기는 것이다.

여럿이 모인 자리에 나타난 친구에게 말을 건넬 때도 마찬가지이다. 머리를 예쁘게 매만지고 온 것 같은 친구의 모습에 "야, 네 머리 오늘 정말 괜찮은데.", "네 머리 참 예쁘구나."라고 간단하게 인사를 건넬 수도 있다. 하지만 인사를 받는 당사자의 마음은 그렇지 않다. 누군가가 "그 머리 어디서 했니?", "네가 직접 한 거야."라고 물어주기를 바라고 있기 때문이다.

그렇다면 이렇게 인사를 해보면 어떨까?

"와, 오늘 네 머리 스타일 너하고 정말 잘 어울린다. 오늘 뭐 좋은 일이 있는 것 같은데, 그렇지?"

"와, 그 머리 스타일 정말 너무 세련됐다. 난 네가 들어오는데 웬 미인이 들어오나 했지. 어느 미용실에서 한 거야?"

만일 여러 친구들 가운데에서 당신이 직접 그런 질문을 해준다면, 질문을 받은 친구는 당신에게 고마움을 느낄 것이다. 그 질문으로 당신은 친구의 마음 한쪽에 신뢰의 탑을 쌓아놓은 것이다. 그리고 친구의 마음에 쌓여있던 신뢰는 언젠가 배가 되어 당신에게 되돌아올 것이다.

당신은 하고 싶은 이야기를 하지 못하는데서 오는 고통을 아는가?

당신은 스트레스의 90퍼센트는 말로 풀어야 한다는 것을 아는가?

그렇다면 다른 사람의 이러한 고통과 스트레스를 당신이 책임지고 풀어주기 바란다. 당신은 지금 어떤 일을 하는 사람인가?

학생, 샐러리맨, 구직자, 직장인, 은퇴자, 군인, 주부 등 당신이 어떤 일을 하든, 어쨌든 당신은 지금, 다른 사람들과 인간관계를 맺으며 살아가고 있는 사람일 것이다. 그렇다면 당신이 누구를 만나든지, 만나는 상대로 하여금 많은 이야기를 할 수 있는 공간을 제공하는 사람이 되기를 바란다.

그들에게는 아직 할 말이 많이 남아 있기 때문에 당신에게 관심을 줄 수가 없다는 사실을 명심하라. 그들은 자신이 할 말을 마음껏 한 후에야 당신을 바라볼 여유를 찾을 수 있을 것이며, 자신의 이야기에 공감을 해야 비로소 미소를 지으며, 당신을 향한 신뢰의 감정을 가슴속에 간직하게 될 것이다.

4

상대에게 적응하라

/

────────────────────────── /

움직이는 표적과 고정된 표적 중 어느 표적이 맞추기가 수월할까?

너무 단순하고 쉬운 물음이지만 이 원리를 인간관계에 대입시켜 보면, 상대가 안정적일 때 마음을 움직이기 수월하겠는가? 아니면 불안을 느낄 때 상대의 마음을 움직이기 수월하겠는가? 라는 질문으로 바꿔볼 수 있다.

직장에서 사소한 실수를 한 부하 직원을 자주 질책하는 상사를 볼 수 있다. 상사가 그런 모습을 자주 보이게 되면, 부하 직원은 어느 순간 자신의 상사를 성격이 나쁜 사람이라고 단정지어버린다. 그러면 그 직장상사는 부하직원의 신뢰를 얻기는 결코 쉽지 않을 것이다. 왜냐하면 부하직원은 직장상사 앞에서 자신이 어떻게 행동해야 하는지, 자신을 어떻게 생각하고 있는지에 대해서 불안을 느끼고 있는, 즉 흔들리는 표적과 같은 사람이 되기 때문이다.

상사의 위치에 있는 사람은 부하직원의 감정과 입장을 고려한 말투와 언행, 세심한 관심과 배려 등 부하직원의 마음을 이해하고 존중해야 한다.

상사의 이러한 자상한 마음 씀씀이와 부드러운 말과 행동은 부하 직원의 불안감을 해소시켜 업무 능률을 최대한 발휘하게 할 수 있는 것이다. 조직원의 업무능력의 극대화, 이것이 유능한 상사의 주요 임무가 아닌가.

부하 직원 또한 사소한 일에 화를 내는 상사를 무조건 미워할 것이 아니라 상사의 입장을 이해하고 믿고 따르며 존중하는 마음을 가져야 한다. 그것이 상사와 부하직원이 서로에 대한 신뢰의 끈을 강화할 수 있는 조직 사회의 바람직한 인간관계 비결이다.

상사가 부하직원의 불안감을 해소해 주면 안정을 찾은 부하직원의 마음을 움직이는 것이 매우 수월해 진다는 것을 느낄 수 있을 것이다. 내가 즐거울 때 함께 즐거워하는 사람, 내가 슬플 때 함께 슬퍼하는 사람에게 사람의 마음은 긍정적으로 움직이기 때문이다. 즉 동병상련이 되는 것이다.

상대의 속마음을 알고 상대하기란 쉽지 않은 일이다. 사람의 마음은 작은 자극에도 어떻게 변할지 알 수 없기 때문이다. 그래서 '열 길 물속은 알아도 한 길 사람의 마음속은 모른다.'는 말도 있듯이, 사람의 속마음을 알고 행동한다는 것은 어려운 일이다. 그러나 생각하기에 따라서는 매우 간단한 일일 수도 있다. 그러면 어떻게 하면 될까?

상대의 속마음을 알아내기 위해 노력하기보다 상대가 하는 것처럼 행동하면 된다. 상대가 약하게 나오면 약하게 대응하고, 강하게 나오면 강하게 대응하는 것이다.

데일은 이 방법을 사용하여 상대의 마음을 움직이는데 성공한 마이클이라는 사람의 이야기를 수강생들에게 들려주었다.

마이클은 십여 년 만에 고등학교 동창생들을 모임자리에서 만나게 되었다. 그런데 그 모임에 참석한 친구 중, 마이클과 학창시절 친하게 지냈던 친구가 근심어린 표정으로 연신 깊은 한숨을 내쉬고 있었다.

옆에 앉아 있던 친구가 그의 모습을 보고 무슨 걱정이 있느냐고 물어보았다. 그러자 근심어린 표정으로 무겁게 입을 다물고 있던 그 친구가 작은 목소리로 자신의 고민을 옆의 친구에게 말하기 시작했다. 그런데 그의 말을 듣고 있던 친구가 어느 순간 깜짝 놀란 표정을 지으며 "그런 일이 있었느냐?"고 큰 소리로 되물었다.

그 친구는 당황한 모습으로 얼굴이 붉게 상기되며 입을 다물어 버렸다. 그리고 친구에게 자신의 고민을 털어놓으려고 했던 그 친구는 불쾌한 표정을 지으며 자리에서 일어나 밖으로 뛰어나갔다.

앞자리에 앉아서 그 모습을 목격한 마이클은 그 친구를 쫓아 밖으로 나와 친구가 혼자 앉아있는 곁으로 다가가 작은 소리로 무슨 일이 있느냐고 물었다. 그 친구는 마이클을 의구심이 어린 눈빛으로 바라보더니, 자신의 고민에 대해 작은 소리로 말하기 시작했다.

작은 소리로 말하는 친구와 같이, 마이클 또한 작은 소리로 그와 소곤소곤 대화를 나눴다.

그 후, 마이클과 그 친구는 학창시절 때처럼 또다시 절친하게 지내게 되었다.

사람은 상대방이 자신과 같은 행동을 할 때, 마음의 문을 열고 상대방을 신뢰하게 된다. 처음의 친구는 상대방은 약하게 나오는데 반대로 강하게 대응하면 대화는 성립되지 않는다는 법칙을 무시한 것이다.

남녀관계에서도 이와 같은 법칙이 적용된다. 연인 관계에서의 남녀는 대개 자신의 연인에 대하여 '그는 나를 어떻게 생각하고 있는가?'하는 불안감을 가지고 있다. 상대에 대한 마음이 중심을 잡지 못하고 흔들리고 있는 것이다.

연인에 대한 마음을 헤아릴 줄 아는 사람이라면, 수시로 전화를 하는 등 자신의 사랑이 굳건함을 끊임없이 상기시켜 준다. 불안한 마음으로 흔들리는 연인을 향해 안심하라는 메시지를 보내는 것이다.

반면, 상대에 대한 배려심이 없는 사람은 연인의 불안한 마음을 외면한 채 불안을 더욱 고조시킨다. 그래서 무관심한 연인을 향해 "나를 정말 사랑하기는 하는 거야."며 상대방의 사랑을 확인하고 싶어 한다. 이때가 정말 중요한 때이다.

사랑은 불변하는 것이 아니기 때문이다. 연인의 사랑에 대하여 아무리 자신하고 있더라도, 그 변하지 않을 것 같은 사랑의 마음을 단번에 깨뜨릴 수 있는 것은 어느 순간 깨닫게 되는 '단 한 번의 실망-자신이 생각했던 것과 다름'에서 변할 수 있다.

피곤하다며 귀찮아하거나 무시할 것이 아니라 자신이 사랑하는 연인의 불안한 마음을 몰라주는 것은 아닌가 하고 세심하게 살펴볼 필요가 있다. 왜냐하면 사람은 자신이 사랑하는 사람이 자신에게 관심을 기울이지 않는다는 느낌이 들 때, 좌절감에 빠질 수 있다.

우리가 알고 있는 유명한 사람들이 왜 많은 사람들의 존중과 존경을 한 몸에 받을 수 있는 이유가 무엇 때문인지를 한 마디로 표현한다면, 그들은 상대방의 마음을 편안하게 해주었던 사람들이라고 말할 수 있다. 다시 말해 그들은 상대가 편하게 이야기를 할 수 있게 하고, 자유롭게 행동할 수 있도록 상대의 입장을 생각하고 관심을 기울였던 사람들이었던 것이다.

5

적절한 사례의 사용은
신뢰감을 높인다

1922년 미국에서 창간된 월간 잡지《리더스 다이제스트》는 건강(health), 생활(living), 역사(history), 문학(literature), 문화(culture)에 이르기까지 다양한 분야를 넘나드는 세계적으로 가장 널리 알려지고 판매되고 있는 교양 잡지이다. 이 작은 잡지는 왜 그토록 많은 독자들의 사랑을 받으며 많이 판매가 되는 것일까?

《리더스 다이제스트》는 다른 잡지에 비해 가격이 저렴하기도 하지만 잡지에 실린 대부분의 기사들이 잡지를 읽는 독자들이 이해하기 쉽도록 '이야기를 하는 식'의 문체로 편집 구성되어 있으며 또한 많은 사례가 생생하게 담겨 있다.

이와 같은《리더스 다이제스트》의 편집 구성 방식을 말하기 기술에도 그대로 적용할 수 있다. 누군가와 대화를 나눌 때 적절한 사례를 이야기 속에 섞어가며 대화를 나누면, 듣는 사람이 흥미로워할 뿐만 아니라 말하는 사람의 이야기 내용을 쉽게 이해할 수 있기 때문에 말하는 사람을 신뢰하는 마음이 자연스럽게 생기게 되는 것이다.

미국 CNN 방송의 유명 앵커인 래리 킹(Larry King)은 한 잡지사와의 인터뷰에서 다음과 같이 말했다.

"사실이 뒷받침되는 사례를 이야기 속에 삽입하면 말하는 사람의 전달하고자 하는 요점을, 듣는 사람이 쉽게 이해할 수 있고 또한 듣는 사람으로 하여금 흥미를 느끼게 하여 높은 설득력을 지닌다. 그래서 말하는 사람에게 신뢰감을 갖게 한다."

베스트셀러 《사람을 움직이는 법칙》이라는 책의 구성은, 그 법칙만을 열거하여 편집 구성한다면 그리 많지 않은 분량이지만, 사람을 움직이는 법칙을 어떻게 유용하게 활용할 수 있을 것인가에 대한 사실적인 생생한 이야기, 즉 적절한 사례들로 편집 구성 되어 있음을 알 수 있다.

대화의 자리에서도 사실감을 높일 수 있는 사례를 적절히 이야기 속에 가미하면 이야기 내용에 대한 신뢰감은 더욱 높아지게 된다. 하지만 아무리 좋은 사례가 있어도 이를 적절하게 활용하지 못하면 소용이 없다. 신뢰감을 높이려면 불필요한 말의 길이를 줄이고, 사례를 적절하게 사용하는 방법을 습득해야 한다.

데일은 사례를 유용하게 사용하기 위해서는 아래에 제시하는 규칙을 지켜야 한다고 강조한다.

첫째, 실감나게 묘사한다.

예를 들어 성공의 비결에 대한 좋은 사례가 있다면 추상적인 단어를 나열하기보다는 사례 속에 등장하는 주인공의 성격, 과거와 현재, 주요 사건 등 그의 성공스토리를 드라마틱하게 묘사해야 설득력이 높아지고 이야기의 신뢰감을 높이게 된다.

둘째, 실명을 사용하여 이야기를 구체화한다.

불가피하게 익명을 사용할 경우를 제외하고는 사례 속에 등장하는 인물은 가급적 실명을 거론하는 것이 이야기의 생동감을 살리고 이야기 내용을 믿게 하는데 도움이 된다. 예를 들어 '그 사람' 혹은 '그는'이라고 하지 않고, '스미스 씨' 혹은 '마이클 씨'라는 식으로 실명을 사용하는 것이 더욱 설득력이 있고 신뢰감을 높인다. 사람의 이름 속에는 관심을 잡아끄는 힘이 담겨 있기 때문이다.

셋째, 세부적인 사항을 확실히 밝힌다.

사례를 들어가며 한 말이 듣는 사람으로 하여금 사실감을 높이게 하려면, 세부적인 사항을 확실하게 밝혀야 한다. '언제?' '어디서?' '누가?' '무엇을?' '어떻게?' '왜?' 육하원칙에 따라 구체적으로 말을 하면, 이야기는 생명력을 얻게 되어 말하는 사람의 말을 신뢰하게 된다. 단, 너무 구체적으로 말하기에 몰두한 나머지 지나치게 말을 남발해서는 안 된다. 말을 많이 하면 듣는 사람이 점점 흥미를 잃게 되어 지금까지 잘 쌓아놓은 신뢰감이 점차 힘을 잃게 된다.

넷째, 사례 안에 담긴 대화를 인용하여 이야기를 더욱 사실적으로 만든다.

사례 속에 등장하는 사람들의 직접적인 대화 내용을 인용하면 더욱 극적인 효과를 볼 수 있다. 예를 들어 단골손님 제임스가 지난주 일요일에 구입한 세탁기가 작동되지 않는다며 화가 머리끝까지 오른 모습으로 대리점을 찾아왔다. 제임스는 대리점 직원이 앉으라고 권할 틈도 없이 이렇게 말했다.

"이봐요, 이곳에서 구매한 세탁기의 성능이 정말 형편없어. 며칠도 되지 않아서 고장 나는 그 따위 세탁기를 내게 팔다니 말이야. 앞으로는 두 번 다시 이 대리점에서 물건을 사지 않겠소. 지금 당장 우리 집으로 와서 그 고물 세탁기를 실어가도록 하시오."라며 대리점 직원과의 대화내용을 넣어서 실감나게 표현하는 것이다. 만약 흉내를 잘 내는 재주가 있다면 그 효과는 더욱 커질 것이다.

다섯째, 온몸을 이용하여 시각효과를 높인다.

사람이 얻는 지식의 85% 이상은 눈을 통해 얻어진다는 말이 있다. 가령 골프를 잘 하는 방법에 대해 이야기를 할 경우 상세한 설명과 함께 적절한 몸동작을 보여준다면 보다 쉽게 이해할 수 있을 것이다.

데일이 제시하는 규칙을 대화 중에 적절히 사용하면 주제를 보다 명확하게 전달하게 되고, 듣는 사람이 쉽게 이해하게 되므로 설득력을 지니는 것은 물론 말하는 사람에게 신뢰감을 느끼게 되는 것이다.

6

신뢰에는 책임이 따른다

사람은 홀로 살 수 없는 존재이다. 사람의 일상을 살펴보면, 매 순간 벌어지는 일들이 혼자만의 일이 아니라 대개 누군가와의 관계 속에서 진행되는 일임을 알 수 있다.

가정에서는 가족들과의 관계, 학교에서는 친구들과 선생님과의 관계, 직장에서는 동료들과의 관계, 사회에서는 지역 사회의 사람들과의 관계가 있으며 학연, 지연, 동호회회원들과의 관계 등의 인간관계를 맺으며 살아간다.

이처럼 우리는 다른 사람과 인간관계를 맺고, 그들과 함께 하루하루의 일상을 살아간다. 그렇다면 인간관계를 맺은 사람들과 더불어 행복한 삶을 영위하기 위해서 가장 기본적인 요소는 무엇일까?

우선 자기중심적인 생각에서 벗어나야 한다. 나와 상대방을 객관적인 시선으로 바라보며 인간관계를 맺고, 그들과 더불어 서로 사랑과 믿음을 주고받는 삶, 즉 서로 신뢰의 끈으로 연결되어 사는 세상이 바람직한 인간사회라고 할 수 있다.

사람들은 누군가에게 신뢰감을 느낄 때, 그 사람의 외면만을 보고 "난 그 사람을 신뢰한다."고 말하지 않는다.

내가 정말로 누군가를 신뢰하고 있다면 그건 그 사람에 대해 가슴에서부터 우러나는 그 무엇인가가 있기 때문일 것이다. 그렇다면 신뢰감을 느끼게 되는 그 무엇인가에는 어떤 것들이 있을까?

- 사람 자체에서 느껴지는 신뢰감
- 진솔한 언행과 성품에서 오는 믿음
- 깔끔한 일처리에서 느끼는 든든함
- 언행의 일치감에서 느끼는 진실함
- 세심한 배려의 마음과 넉넉한 사랑의 마음에서 느끼는 존경하는 마음

이외에도 신뢰를 느끼는 감정에는 여러 가지가 있지만 사람들은 대체로 이런 점들을 보고 겪으면서 누군가를 신뢰하게 된다.

사람이 누군가에게 신뢰를 느끼게 되는 공통점이 있다면, 그것은 '가슴에서 우러나는 어떤 감동'이 신뢰감을 만들어 내는 경우일 것이다. 어떤 사람들은 신뢰를 얻기 위해 어떤 주장이나 의견을 가지고 상대방에게 "이것은 무조건 믿어도 되니, 신뢰해도 된다."고 하며 애원을 하기도 한다. 하지만 사람들의 본심은 그런 애원과 호소 때문에 상대를 신뢰하는 것이 아니라는 것을 우리는 많은 사례를 통해 알 수 있다.

　　그렇다면 사람들은 어떤 확신이 있어야 사람을 신뢰를 하게 되는 것일까?

　　사람은 스스로 신뢰할만하다고 인정하는 마음이 있어야 누군가에 대한 신뢰감이 생겨난다.

　　그렇다면 사적인 인간관계를 앞세워 자신에 대한 신뢰를 주장하는 것은 잘못된 방법일까?

　　잘못된 방법이 아니다. 하지만 그것은 자신을 믿고 신뢰한 사람을 실망시키는 일이 없을 경우에는 잘못된 방법이 아니라는 것이다. 즉 믿는 만큼 책임이 따른다는 것을 알아야 한다.

　　"그래, 우리는 친구니까, 한 번 믿어보지. 뭐."

　　"그래, 자네는 내 후배이니, 한 번 믿어보겠네……."

　　이런 식의 신뢰는 조건부 신뢰임을 명심해야 한다. 다시 말해,

정말로 신뢰감이 있어서 신뢰를 하는 것이 아니라 친구이니, 후배니까 믿어준다는 조건부 신뢰에 불과하다는 것이다.

인간관계에서 이런 신뢰관계는 정말 위험하다. 만일 이러한 조건부 신뢰가 무너지는 경우에는 그 동안 쌓아왔던 친구 관계나 선후배 관계가 한꺼번에 무너질 수 있기 때문이다.

조건부 신뢰를 얻게 된 사람은, 그 믿음이 무너지지 않도록 더욱 더 최선을 다해서 자신을 믿고 신뢰한 사람의 마음을 지켜줄 의무가 있음을 명심해야 한다.

데일은 인간관계 개선 프로그램 강좌를 수강하고 있는 자동차 전시장 판매 책임자인 쉘츠의 사례를 소개했다.

쉘츠는 자동차 전시장에서 판매를 담당하는 부서의 책임자로서 세일즈맨 조직을 총괄 관리하고 있는 사람이다.

그는 불황의 장기화로 자동차 판매 실적이 저조해지자 위기상황을 극복하기 위한 대책을 세우기 위해 고심했다.

그는 자동차 판매 실적이 이렇게 저조한 원인으로, 일차적으로는 경기 불황에서 오는 소비자들의 구매의욕이 떨어진 것이 가장 큰 이유로 꼽았으며, 이에 자동차를 판매하는 세일즈맨들의 의욕이 저하되었고, 이러한 상황이 장기화됨으로써 직원들이 실의에 빠지게 된 것이 판매 실적 저하의 원인이라고 분석했다.

'실의에 빠진 직원들에게 어떻게 하면 의욕을 되찾게 해줄 수 있을까?

쉘츠 자신의 경험에 의하면, 대부분의 리더들은 이런 경우 이런 저런 동기부여 방안을 내놓고 자긍심과 의욕을 고취시키기 위해 노력한다. 그리고 어떤 리더들은 무작정 판매실적을 높여야한다며 소리를 지르며 직원들을 다그친다. 그러면 일순간 판매실적은 어느 정도 향상되는 경우도 있지만 그런 방법으로는 지속적인 판매실적 향상은 기대하기 어렵다는 것을 깨달은 바가 있었다.

쉘츠는 지금의 상황은 그런 포로모션만으로는 극복될 성질의 것이 아니라고 생각했다. 판매실적을 높여야 한다는 강박감으로 고민을 하던 쉘츠는 데일의 인간관계 개선 프로그램 '사람을 움직이는 마법의 대화법'이라는 강좌에서 수강생들과 토론을 한 결과, 한 가지 힌트를 생각해냈다.

쉘츠는 직원들이 판매실적을 올리지 못하는 중요한 이유로, 판매실적 저하에 따른 회사와 직원 상호간 신뢰의 끈이 확고하게 결속되어 있지 못한 것이 문제라는 것을 깨달았다.

그래서 쉘츠는 어느 날 아침, 전시장 판매 담당 전체 직원회의를 소집했다.

"여러분, 요즘 많이들 힘드시죠?"

직원들은 자신들의 리더가 앞으로 나와 인사를 해도 의욕을 잃은 표정으로 멍하니 쳐다보며 힘이 빠진 작은 소리로 대답을 했다.

"여러분! 오늘은 제가 여러분의 입장에서 회사가 해주었으면 하는 여러분의 바람을 들어보는 시간을 갖도록 하겠습니다. 그리고 여러분의 의견이 모아지면 제가 여러분의 입장을 회사에 강력히 요구하겠습니다. 저의 모든 것을 걸고 이행할 것을 약속합니다."

쉘츠의 연설을 듣고 있던 직원들이 자세를 고쳐 앉기 시작했다. 그리고 눈빛을 번뜩이며 쉘츠를 바라보았다. 쉘츠는 마이크를 가까이 입에 대며 말을 이어갔다.

"제가 여러분의 입장에서 회사에 요구하고 싶은 것이 있다면, 바로 이런 것이라고 생각합니다."

직원들은 숨소리마저 조심스러워하며 쉘츠의 연설에 귀를 기울였다.

"회사는 자동차 판매 수당을 적어도 10%는 인상해 주어서 직원들의 판매 경쟁력을 높여 주어야 합니다. 저는 이것을 회사 측에 강력히 요구하겠습니다. 그리고 그동안 우리 판매 직원들은 자동차 가격 인상으로 인한 고객의 구매의욕 저하를 방지하기 위해 자신들의 수당을 경감하면서까지 고객들에게 신차를 구입하도록 장려했습니다. 그러다보니 판매 직원들의 실질적인 소득은 별반 남는 것이 없었습니다. 냉정히 말해서, 회사가 져야할 부담을 우리 판매직원들이 져야할 이유는 없다고 생각합니다. 따라서 회사는 우리 판매직원들에게 수당의 폭을 높여 주든지, 아니면 판매직원들의 수당을 갉아먹는 자동차 인상분에 대한 새로운 대안을 강구해야 한다고 생각합니다."

몇몇 사람이 자리에서 일어나 박수를 쳤다. 그러자 여기저기서 "그게 바로 우리들이 바라던 것이었습니다."라고 외치는 소리가 들려왔다. 나이가 많은 어느 판매직원은 자리에서 벌떡 일어나며 "지금까지 30여년을 이 회사에서 근무하고 있지만 제 마음을 이렇게 시원하게 해주는 리더는 처음입니다."라며 쉘츠를 향해 두 팔을 흔들어 댔다.

지금까지 쉘츠가 이야기한 것들은 직원들의 입장에서 회사에 바라는 것들이었다. 연단 뒤에 있는 칠판에는 직원들이 바라는 사항들이 한 줄 한 줄 기록되어 있었다.

"자, 이런 사항들이 여러분이 원하는 것이 맞습니까?"

"네, 맞습니다." 직원들은 모두 한 목소리로 힘차게 대답했다.

"자, 그럼 이번에는 회사입장에서 여러분에게 원하는 것에는 어떤 것들이 있을까요? 이 점에 대하여 여러분들의 생각을 들어보는 시간을 갖도록 하겠습니다."

여기저기서 손을 들어 자신이 회사의 입장이라면 영업 직원들에게 바랄만한 사항들을 말하기 시작했다.

"정시 출근시간을 지키는 거요."

"무슨 일이 있어도 하루 10곳 신규 고객 방문이요."

"하루 일과를 마친 후 반드시 그날 만난 가망고객에게 안부전화를 올리는 것이 좋겠습니다."

"팀별 이벤트를 통한 자발적인 공동 마케팅을 추진하는 겁니다."

이번에도 역시 직원들이 하는 말들은 모두 칠판에 기록되었다.

직원들은 자신들이 회사에 바라는 것보다 더 많은 사항들을 회사 측 관점에서 스스로 말해 주었다.

쉘츠의 제안으로 열린 판매직원들의 뜨거운 토론이 끝나고 쉘츠는 다시 마이크를 잡았다.

"여러분, 정말 감사합니다. 여러분께서는 회사에 이런 바람들이 있었군요. 약속드린 대로 제 직함을 걸고 회사 측에 여러분의 뜻을 잘 전달하겠습니다. 그러니 여러분께서도 스스로 약속한 사항들을 꼭 지켜주시기 바랍니다."

직원들이 보내는 박수 소리와 환호성은 그들에게 희망에너지가 충만해져있음을 증명하는 것 같았다.

쉘츠는 직원들에게 목적의식과 공동체의 중요성을 자각하게 하여 그들의 능력을 최대로 발휘할 수 있도록 하는 리더십을 보여주었다.

그 일이 있은 후, 회사의 매출 실적은 눈에 띄게 향상되었다. 쉘츠는 자신이 한 약속을 지켰으며, 직원들 또한 회사가 바라는 성과를 올렸다.

리더는 조직원들을 신뢰의 끈으로 단단하게 이어주는 역할을 하는 사람이다. 쉘츠의 사례를 통해 보았듯이 리더가 신뢰감을 주기 위해서는 조직원들의 마음을 이해하고 그들이 원하는 것에 대한 희망을 심어줌으로써 조직원들이 자발적으로 일을 할 수 있도록 조율하는 것이 진정한 리더의 자세이다. 쉘츠의 사례는 직원들 스스로 회사를 신뢰하는 마음이 밑거름이 되었기에 가능한 일이었다.

7

신뢰받는 사람이 되는 비결

사람들은 대개 겉으로 보이는 외모에서 나와 다른 사람과의 차이점을 짐작할 수 있다. 물론 외모는 일차적으로 나와 다른 사람을 구별하는 기준이 될 수 있지만, 같은 민족 혈통을 지닌 사람들은 서로 비슷한 용모를 지니고 있는 사람들이 많은 까닭에 외모만을 보아서는 확연히 두드러지는 차이점을 찾아내기에는 무언가 부족한 면이 있을 수 있다.

그렇다면 무엇이 가장 커다란 차이라고 할 수 있을까?

사람의 가장 큰 차이는 겉으로 드러나는 외모의 차이보다 가늠할 수 없이 깊고 넓은 마음속 '생각의 차이'이다. 수천 길 바다 속보다도 깊은, 겨우 한 길 속 알 수 없는 사람마음의 차이는 인종과 민족의 경계를 훌쩍 뛰어넘는 큰 차이를 보인다.

신뢰를 얻는 비결과 생각의 차이는 어떤 연관성이 있을까?

매우 긴밀하고도 중요한 연관성이 존재한다. 즉 내가 어느 사람에게 신뢰를 얻고 싶어 할 때 가장 힘든 난관으로 부딪치는 것이 있다면, 그것은 바로, 상대는 나와 생각이 다르다는 것이다. 즉 사람은 자신과 생각이 같은 사람과는 수월하게 신뢰의 끈이 이어질 수 있지만, 자신과 생각이 다른 사람에게는 그의 의견 자체를 의심하고 신뢰하지 못하는 경향이 있다.

그렇다면 나와 생각이 다른 사람에게 신뢰를 얻기 위해서 무엇이 가장 중요할까?

상대의 심리를 파악하는 것이 가장 중요하다. 그렇다면 상대방의 심리를 파악하기 위해서는 어떻게 해야 할까?

우선 자기 자신의 심리를 잘 분석해 보는 것에서부터 시작해야 한다.

'내가 이런 말을 하면 저 사람은 어떤 반응을 보일까?'

'내가 생각하는 것을 상대방은 어떻게 생각하고 있을까?'

상대와 신뢰의 끈을 잇고 싶은 생각이 있다면, 상대방의 관점에서 생각을 해보라.

그리함으로써 상대의 관점을 예상해 볼 수 있다면, 바로 그 지점에 상대의 마음을 짐작할 수 있는 심리적 경계선이 있다는 것을 깨닫게 될 것이다.

상대방의 입장에서 생각하는 습관을 들인다면, 머지않아 상대방과 나의 심리적 경계선을 마음대로 오갈 수 있게 된다. 그것에 숙달된 사람이 세상을 지배하고, 사업에 성공하고, 사람들의 존경을 받을 것이다. 왜냐하면, 세상은 상대의 심리를 잘 읽는 사람이 신뢰를 얻고, 승리하는 구조이기 때문이다.

다른 사람에게서 신뢰를 얻고자 한다면, 그래서 성공하고 싶다면, 상대방이 나에 대해 생각할 만한 생각들까지도 고려하여, 말하고 행동해야 된다. 왜 그래야 할까?

그것은 어떤 사람이 자기의 방식대로 생각하고 행동하는 데에는 모두 심리적인 원인이 있기 때문이다. 그러므로 상대방이 왜 그런 생각을 하고 주장하고 행동하는가에 대해 그 이유와 원인을 먼저 곰곰이 생각하여 파악하는 것이 상대에게 신뢰감을 얻을 수 있는 기초가 되는 것이다.

이러한 과정을 통해 우리는 상대가 어떤 사람일지라도, 그의 생각과 행동을 스스로 생각하고 분석해봄으로써 좀 더 그를 이해할 수 있으며, 그에 따른 반응을 보여줌으로써 상대방의 신뢰를 얻어낼 수 있는 것이다.

이런 관점을 가장 쉽게 표현한 말이 바로 '상대방의 입장에서 생각해 보자'는 말이다. 즉 우리가 다른 사람의 심리적 판단과 그 이유는 어디에서 기인하는 것인지에 대해 관심을 갖는다면, 상대방이 아무리 나와 다른 생각을 하고 다른 행동양식을 보이더라도 그의 신뢰를 얻어낼 비결이 되는 것이다.

데일은 인간관계 개선 프로그램 강좌에서《황금같이 귀한 사람을 만드는 법》의 저자인 케네스 구드의 이야기를 소개한 적이 있다.

케네스 구드는 이 책에서 중요한 선택을 해야 할 때나 다른 사람에 대해서 어떤 중대한 판단을 해야 할 때, 우선 자신을 스스로 관찰해보기를 권한다.

다시 말해서 중요한 선택이나 중대한 판단을 해야 할 상황에서 자기 자신에 대해 냉정히 관찰해 볼 수 있어야 한다는 것이다. 그리고 이러한 관찰력을 상대방에 대해서도 똑같이 가져보기를 권하고 있는데, 그럼으로써 나는 상대와 전혀 다른 생각을 갖고 있는 것이 아니라는 것을 깨닫게 된다는 것이 그의 결론이다.

이는 마치 나와 생각이 다른 상대방의 뇌 구조를 이해하고 그 사람이 왜 이런 생각을 할 수밖에 없었는가를 이해하는 것과 같다.

데일은 이런 연구 결과를 통해, 인간관계에서 신뢰를 얻는 비결은 '상대방의 입장에서 이해하려는 마음가짐'이 신뢰의 시작이라는 것을 깨닫게 되었으며, 그럼으로써 신뢰감을 주고받는 인간관계를 폭넓게 형성할 수 있게 되었다.

데일은 인간관계 개선 프로그램 강좌를 통해 서양의 위대한 학자, 정치가, 철학자들의 다양한 이야기를 자신의 강좌를 통해 많은 사람들에게 전함으로써, 인간관계에서 신뢰받는 존재가 될 수 있도록 노력해 왔다.

또한 그는 서양뿐만 아니라 동양의 지혜까지도 두루 섭렵하여 수강생들에게 동서양의 현자들이 후대사람들에게 전하는 '신뢰를 얻는 비결'을 수강생들에게 전해 주고자 노력했다.

산꼭대기에서부터 시작하는 시냇물은 끊임없이 아래로 흘러간다. 그렇게 흘러서 강을 만나면 제 모든 걸 다 바치고, 시냇물을 온전히 받아 안은 강은 흐르고 흘러 바다를 만나면 바다에 모든 것을 다 바친다.

시냇물을 온전히 모두 받아내기 위해서 강은 시냇물보다 아래에 있었던 것이고, 바다는 강보다 아래에 존재했던 것이다.

우리는 다른 사람의 위에 서고 싶은 욕망을 갖고 있지만, 진정으로 다른 사람의 위에 서고자 한다면, 다른 사람의 아래에 존재할 수 있어야 진정 그것을 이룰 수 있다.

Everything that has lost trust is lost

_____

_____

신뢰의 끈을 놓치지 말라

초판 1쇄 인쇄 2023년 04월 20일
초판 1쇄 발행 2023년 04월 27일

지은이   헤롤드 셔먼
펴낸곳   함께북스
펴낸이   조완욱
등록번호   세1-1115호
주소   32419 충청남도 예산군 예산면 신암남로 52-7
전화   041-332-7719
팩스   041-332-6568
이메일   harmkke@hanmail.net

ISBN 978-89-7504-755-8 (03810)